Peter Pan

y Wendy

Peter Pan y Wendy

J. M. Barrie | Robert Ingpen

Edición del Centenario

BLUME

BLUME

Título original:
Peter Pan and Wendy

Traducción:
Carmen Gómez Aragón

Coordinación de la edición en lengua española:
Cristina Rodríguez Fischer

Primera edición en lengua española 2004
Reimpresión 2006, 2008, 2010

© 2004 Art Blume S.L.
Av. Mare de Déu de Lorda, 20
08034 Barcelona
Tel. 93 205 40 00 Fax 93 205 14 41
E-mail: info@blume.net
© 2004 del texto, J. M. Barrie
© 2004 de las ilustraciones, Robert Ingpen

I.S.B.N.: 978-84-89396-04-3

Impreso en China

WWW.BLUME.NET

Prólogo

Me pidieron que escribiera un breve prefacio a esta nueva edición ilustrada de *Peter Pan y Wendy* porque soy uno de los parientes vivos más cercanos de J. M. Barrie. Era el tío de mi abuelo, y, por tanto, mi tío bisabuelo. En el momento de su muerte, en 1937, Barrie era un hombre rico y famoso. Había escrito numerosas novelas y obras de teatro de muchísimo éxito, de las cuales *Peter Pan* –representada por primera vez en 1904– es y continuará siendo con mucho la más famosa. Barrie había sido nombrado *baronet*, le habían concedido la Orden de Mérito y había recibido muchos otros honores; para resumir, había logrado todas sus ambiciones mundanas. Y sin embargo, no era un hombre feliz: su matrimonio había sido un fracaso y no tenía hijos propios.

Antes de que escribiera *Peter Pan*, Barrie había entablado amistad con la familia Llewellyn Davies, y más tarde, al morir los padres, se convertiría en el tutor de los cinco niños. Los niños Llewellyn Davies fueron la familia sucedánea de Barrie y les mostró una devoción absoluta. A cambio, ellos le inspiraron el personaje de Peter Pan, que fue creado, según Barrie, frotando muy fuerte a los cinco niños, «al modo en que los salvajes hacen fuego con dos palillos». Mientras fueron niños, los chicos correspondieron a su cariño, pero la estrecha relación de la que disfrutaban no podía perdurar. A medida que crecían, se alejaron inevitablemente de su padre adoptivo, y aún había de ser peor. Uno de los chicos murió en la primera guerra mundial, y luego otro se ahogó mientras estudiaba en Oxford. La muerte de mi abuelo en el Somme –su sobrino preferido– fue otro duro golpe. Estas pérdidas destrozaron a Barrie, quien ya no se recuperaría jamás completamente de ellas.

No llegué a conocer a Barrie porque murió antes de que naciera yo, pero supe mucho acerca de él por mi difunto padre, Alexander Barrie, quien solía visitar a aquel gran hombre en su piso de Adelphi Terrace y jugó para su equipo privado de críquet, el Allahakberries. El piso era enorme, y tenía vistas magníficas que daban al río Támesis. Tenía una chimenea, y las paredes estaban revestidas con paneles de madera de árboles tropicales que su amigo (y héroe) Robert Louis Stevenson mandaba a Berrie desde Samoa. Esta amistad –aunque mantenida enteramente por correspondencia– fue muy importante. Stevenson, al igual que Barrie, fue un escritor escocés de éxito y un brillante creador de relatos infantiles, entre ellos esa otra gran historia de piratas que es *La isla del tesoro*. Pero en cierto sentido Stevenson era muy distinto: además de escritor era un aventurero que había de acabar sus días en los mares del sur. Barrie era plenamente consciente de su pequeña estatura y sentía gran admiración por quienes, como Stevenson, tenían el valor de enfrentarse a riesgos físicos (Barrie se contó entre los que financiaron la funesta expedición de Scott al Polo Sur). La historia de *Peter Pan* es compleja, pero refleja claramente el deseo frustrado de Barrie por la aventura, deseo que naturalmente comparten todos los niños.

J.M. Barrie

En 1929 Barrie legó todos los derechos de *Peter Pan* al Great Ormond Street Hospital for Children, presente que después confirmaría en su testamento, con la condición de que su valor jamás debería revelarse en público. En una situación normal, los derechos de obras como ésta habrían expirado a los 50 años de la muerte del autor, que falleció en 1937. Sin embargo, una ley única aprobada por el Parlamento en 1987 concedió al Great Ormond Street Hospital los derechos de autor de *Peter Pan* y todos sus derivados en perpetuidad, y de este modo garantizó que el Hospital continuara beneficiándose de los derechos tanto tiempo como siguiera disfrutándose de la historia de Peter Pan.

El propio Barrie guardó silencio acerca de sus razones para tal extraordinariamente generoso gesto. No obstante, la dedicatoria de la primera versión publicada de *Peter Pan,* que apareció en 1928, ofrece una pista. En ella, dirigiéndose a los cinco niños Llewellyn Davies –dos de los cuales habían muerto hacía ya mucho tiempo–, Barrie pregunta «si en memoria de lo que hemos sido los unos para los otros aceptaréis esta dedicatoria con el cariño de vuestro amigo». Yo creo que detrás del regalo al Great Ormond Street Hospital estaba su devoción a «los cinco».

David Barrie

Contenido

CAPÍTULO 1

Aparece Peter

Todos los niños, menos uno, crecen. Muy pronto saben que crecerán, y Wendy no fue una excepción. Un día, cuando contaba con dos años de edad y se encontraba jugando en el jardín, arrancó otra flor y corrió con ella hacia su madre. Supongo que debía de estar encantadora, porque la señora Darling se llevó la mano al pecho y exclamó: «¡Ojalá pudieras quedarte así para siempre!». Esto es todo lo que ocurrió entre ellas acerca del tema, aunque desde entonces Wendy supo que tenía que crecer. Siempre lo sabes después de cumplir dos años. Dos es el principio del fin.

Naturalmente, vivían en el número 14, y hasta que llegó Wendy su madre fue el centro de atención. Era una mujer encantadora, con una mente romántica y una boca burlona. Su mente romántica se parecía a esas cajas diminutas, procedentes del enigmático Oriente, que van unas dentro de las otras y que, por muchas que descubras, siempre hay una más; y su dulce boca burlona guardaba un beso que Wendy nunca pudo conseguir, aunque estaba allí, perfectamente visible en la comisura derecha.

El señor Darling la conquistó del siguiente modo: los caballeros que habían sido niños cuando ella era todavía una niña descubrieron al mismo tiempo que la amaban, de modo que todos corrieron a su casa a declararse, a excepción del señor Darling, quien tomó un automóvil y llegó el primero, de manera que la consiguió. Obtuvo todo de ella, salvo la cajita más recóndita y el beso. El señor Darling nunca supo nada de la caja, y, con el tiempo, dejó de buscar el beso. Wendy creía que Napoleón quizás lo consiguió, pero yo me lo imagino intentándolo y luego marchándose enfadado y dando un portazo.

El señor Darling solía jactarse ante Wendy de que su madre no sólo lo amaba, sino que también lo respetaba. Era uno de esos pensadores que saben de la cotización y las acciones. Por supuesto, en realidad nadie sabe nada de esa materia, aunque él parecía saberlo todo, y, con frecuencia, decía que la cotización estaba en alza y las acciones en baja de una forma que habría hecho que cualquier mujer lo respetara.

La señora Darling se casó de blanco, y al principio llevó a la perfección las cuentas de la casa, casi con alegría, como si se tratara de un juego, de manera que no se le escapaba ni una col de Bruselas. Pero, poco a poco, comenzaron a faltar coliflores enteras, mientras que, en su lugar, aparecían dibujos de niños sin cara, que pintaba en vez de calcular la suma total. Se trataba de los presentimientos de la señora Darling.

Primero llegó Wendy, luego John y después Michael.

Durante una o dos semanas después de llegar Wendy, los Darling dudaron si podrían quedársela, pues era otra boca que alimentar. El señor Darling estaba orgulloso de ella, pero era muy honrado, de manera que se sentó en el borde de la cama de la señora Darling, le sujetó la mano y calculó los gastos, mientras ella lo miraba implorándole. La señora Darling quería correr el riesgo, pasara lo que pasara, pero no era así como el señor Darling hacía las cosas; su modo de actuar implicaba un lápiz y una hoja de papel, y, si ella lo confundía con sus sugerencias, volvía a empezar de nuevo por el principio.

—No me interrumpas —le rogaba. Tengo una libra con diecisiete, y dos con seis en la oficina. Puedo dejar de tomar café en la oficina, pongamos diez chelines, que hacen dos libras con nueve chelines y seis peniques, que con tus dieciocho y tres hacen tres con nueve y siete, con cinco, cero, cero en mi libro de cheques hacen ocho con nueve y siete... ¿quién se está moviendo?... ocho con nueve y siete, punto y me llevo siete... no hables, mi amor... y la libra que le prestaste a aquel hombre que llamó a la puerta... cállate, niña... punto y me llevo niña... ¡ya está! ¡ya lo has conseguido!... ¿he dicho nueve con nueve y siete? Sí, he dicho nueve con nueve y siete. La cuestión es, ¿podemos intentarlo durante un año con nueve libras, nueve chelines y siete peniques?

—Pues claro que podemos, George —exclamó ella. Pero ella estaba del lado de Wendy, y, en realidad, de los dos, él era quien tenía el carácter más fuerte.

—Piensa en las paperas —le advirtió casi en tono amenazador, y comenzó de nuevo a calcular. Las paperas, una libra. Eso es lo que he puesto, pero me atrevería a decir que serán más bien treinta chelines... no hables... sarampión, una con cinco, rubéola, media guinea, lo que hace dos con quince y seis... no muevas el dedo... tos ferina, pongamos quince chelines.

Y continuó así, y cada vez le salían cuentas distintas, pero al final Wendy logró quedarse, con las paperas reducidas a doce con seis, y el sarampión y la rubéola considerados como una sola enfermedad.

La misma agitación se produjo cuando llegó John, y Michael lo tuvo aún más difícil, pero se quedaron con los dos, de manera que podía verse a los tres caminando en fila hacia el jardín de infancia de la señora Fulsom en compañía de su niñera.

A la señora Darling le encantaba que todo fuera como es debido, y el señor Darling mostraba una verdadera pasión por ser exactamente igual que sus vecinos. Así que, naturalmente, tenían una niñera. Como eran pobres, y debido a la cantidad de leche que tomaban los niños, su niñera era una remilgada perra de Terranova llamada Nana que no había pertenecido a nadie en concreto hasta que los Darling la contrataron. Sin embargo, Nana siempre había creído que los niños eran muy importantes, y los Darling se la habían encontrado en los jardines de Kensington, donde pasaba la mayor parte del tiempo husmeando en los cochecitos de los bebés. Las niñeras descuidadas la odiaban con toda su alma, pues las seguía a casa y se quejaba de ellas a sus dueñas. Nana demostró ser una joya de niñera. ¡Qué meticulosa era a la hora del baño, y cómo se levantaba en cualquier momento de la noche si alguno de los niños que tenía a su cargo hacía el menor ruido! Su perrera estaba, naturalmente, en el cuarto de los niños. Tenía un talento especial para saber cuándo una tos debe cortarse enseguida y cuándo requiere colocar un pañuelo alrededor de la garganta. Creyó hasta su último día en remedios anticuados como las hojas de ruibarbo, y soltaba gruñidos de desprecio ante toda esa moderna charla de los gérmenes y cosas así. Era toda una lección de corrección ver cómo acompañaba a los niños hasta la escuela, caminando tranquilamente a su lado cuando se comportaban bien, y colocándolos de nuevo en la fila si desviaban su rumbo. Jamás olvidó el suéter de John los días que tenía que jugar a fútbol, y solía llevar un paraguas en la boca por si llovía. Hay una habitación en los bajos de la escuela de la señora Fulsom donde esperan las niñeras. Ellas se sentaban en bancos, mientras que Nana lo hacía en el suelo. Ésa era la única diferencia. Las niñeras hacían como que no la veían, pues consideraban que pertenecía a una clase social inferior, y ella despreciaba sus charlas superficiales. Aunque le molestaba que los amigos de la señora Darling visitaran el cuarto de los niños, si venían, lo primero que hacía era quitarle a Michael el camisón y ponerle el de los bordados azules, le arreglaba la ropa a Wendy y le alisaba el pelo a John.

Ninguna guardería se podía regentar de modo más correcto, y, aunque el señor Darling lo sabía, a veces se preguntaba incómodo si los vecinos harían comentarios.

Debía tener en cuenta su posición social en la ciudad.

Asimismo, Nana le causaba otro tipo de preocupación. A veces tenía la sensación de que ella no lo admiraba.

—Sé que te admira profundamente, George —le aseguraba la señora Darling, y luego hacía señas a los niños para que fueran especialmente amables con su padre. A esto seguían encantadores bailes, durante los cuales se permitía que participara Liza, la otra criada. Liza parecía diminuta con su larga falda y su cofia de doncella, aunque cuando la contrataron juró que había cumplido los diez años hacía ya mucho tiempo. ¡Qué alegres eran aquellos juegos! Y la más alegre era la señora Darling, cuyas piruetas eran tan atrevidas que todo cuanto se podía ver de ella era el beso. Si en aquellas ocasiones os hubierais lanzado sobre ella lo habríais conseguido. Jamás existió una familia más sencilla y feliz hasta que llegó Peter Pan.

La señora Darling oyó hablar por primera vez de Peter Pan mientras ordenaba las mentes de sus hijos. Cualquier buena madre debe rebuscar en las mentes de sus hijos todas las noches cuando están dormidos, ordenar las cosas para la mañana siguiente, y colocar los numerosos objetos que se han desperdigado durante el día en el lugar que les corresponde.

Si pudierais quedaros despiertos (por supuesto, no podéis), veríais a vuestra madre haciendo esto, y os resultaría interesante observarla. Es muy parecido a poner en orden los cajones. La veríais arrodillada, preguntándose de dónde habéis sacado tal cosa, descubriendo cosas dulces y otras no tan dulces, frotando algo contra su mejilla como si fuera tan suave como un gatito, y escondiendo de la vista rápidamente aquello otro. Cuando os despertáis por la mañana, las travesuras y enfados con los que os acostasteis ya se han recogido y guardado en el fondo de vuestra mente, y, además, vuestros pensamientos más bonitos se han colocado perfectamente aireados, listos para que os los pongáis.

No sé si alguna vez habéis visto un mapa de la mente de una persona. Los médicos a veces dibujan mapas de otras partes del cuerpo. Vuestro propio mapa puede ser muy interesante, pero trata de encontrar a alguien intentando trazar el mapa de la mente de un niño, que no sólo es confusa, sino que no para de dar vueltas. El mapa tiene líneas en zig-zag, como la ficha donde se anota vuestra temperatura cuando tenéis fiebre; de hecho, probablemente, son caminos de la isla, pues el país de Nunca Jamás es casi siempre más o menos una isla, con increíbles pinceladas de color aquí y allá, y arrecifes de coral y embarcaciones de aspecto veloz en alta mar, con salvajes y guaridas solitarias y gnomos que, en su mayoría, son sastres, y cuevas por las que fluye un río, y príncipes con seis hermanos mayores, y una cabaña que en seguida se descompone, y una anciana diminuta con la nariz ganchuda. Si esto fuera todo, el mapa sería sencillo, pero también está el primer día de colegio, la religión, los padres, el estanque redondo, la costura, los asesinatos, los ahorcados, los verbos con dativo, el día que toca comer pastel de chocolate, ponerse tirantes, decir treinta y tres, tres peniques por arrancarte un diente tú mismo y cosas por el estilo, que forman parte de la isla o bien componen otro mapa que se ve tras el primero, por lo que todo es bastante confuso, sobre todo porque nada permanece inmóvil.

Naturalmente, los países de Nunca Jamás son muy variados. El de John, por ejemplo, tenía una laguna sobrevolada por flamencos a los que John disparaba, mientras que Michael, que era muy pequeño, tenía un flamenco sobrevolado por lagunas. John vivía en un bote vuelto del revés sobre la arena, Michael en una tienda india, y Wendy en una casa construida con hojas cosidas con destreza. John no tenía amigos, Michael tenía amigos por la noche y Wendy tenía un cachorro de lobo abandonado por sus padres. De todos modos, en conjunto, los países de Nunca Jamás guardan cierto parecido familiar, y si se colocaran en una fila sin moverse, se podría decir de ellos que tienen la misma nariz, por ejemplo. Y es a estas mágicas orillas adonde llegan siempre en sus barquillas los niños cuando juegan. Nosotros también hemos estado allí; incluso aún podemos oír el ruido de las olas, pero ya no desembarcaremos jamás.

De todas las islas maravillosas, la de Nunca Jamás es la más acogedora y compacta, ya que no es grande y desparramada, ya sabéis, con aburridas distancias entre una aventura y otra, sino que en ella todo se encuentra agradablemente amontonado. Cuando jugáis a imaginarla de día con las sillas y el mantel, no asusta, pero dos minutos antes de iros a dormir se hace muy real. Por eso hay lámparas en las mesillas de noche.

De vez en cuando, en sus viajes por las mentes de sus hijos, la señora Darling encontraba cosas que no podía entender. De ellas, la más desconcertante era la palabra Peter. No conocía a ningún Peter, y, sin embargo, Peter aparecía aquí y allá en las mentes de John y Michael, mientras que la de Wendy empezaba a estar garrapateada con su nombre por todas partes. El nombre se destacaba en letras más grandes que cualquiera del resto de palabras y, al observarlo, a la señora Darling le pareció que tenía un extraño aspecto descarado.

—Sí, él es bastante descarado —admitió Wendy con pesar. Su madre le había estado preguntando.

—¿Pero quién es él, cielo?

—Ya sabes, mamá, él es Peter Pan.

Al principio, la señora Darling no lo reconoció, pero tras rememorar su infancia recordó a un tal Peter Pan que se decía que vivía con las hadas. Se contaban historias extrañas sobre él, como que cuando los niños morían, él los acompañaba parte del camino para que no se asustaran. En aquella época había creído en él, pero ahora que estaba casada y dominada por el sentido común dudaba de que existiera una persona parecida.

—Además —le dijo a Wendy—, ahora ya será adulto.

—Oh, no, no es mayor —le aseguró Wendy convencida—, y tiene mi mismo tamaño.

Quería decir que era de su tamaño tanto de mente como de cuerpo. No sabía cómo lo sabía; simplemente, lo sabía.

La señora Darling consultó el asunto con el señor Darling, pero él sonrió sin darle importancia.

—Mira lo que te digo —dijo—, eso es una tontería que Nana les ha metido en la cabeza. Es justo la clase de idea que tendría un perro. No le des más importancia y ya verás cómo se pasa.

Pero no se pasó, y, muy pronto, el problemático chico daría un buen susto a la señora Darling.

Todos los niños viven las más extrañas aventuras sin sobresaltarse. Por ejemplo, tal vez se acuerden de comentar, una semana después de ocurrir, que cuando estuvieron en el bosque se encontraron a su difunto padre y jugaron con él. De esta forma despreocupada fue como Wendy una mañana reveló algo inquietante. En el suelo del cuarto de los niños se hallaron varias hojas de árbol que, sin duda, no estaban allí cuando los chicos se fueron a la cama la noche anterior. La señora Darling, desconcertada, se preguntaba de dónde habrían salido, cuando Wendy dijo con una sonrisa condescendiente:

—¡Creo que se trata de ese Peter otra vez!

—¿Qué quieres decir, Wendy?

—Está muy mal que no se limpie los pies antes de entrar —dijo Wendy, suspirando. Era una niña muy limpia.

Wendy explicó como si tal cosa que creía que Peter visitaba de vez en cuando la habitación por la noche, se sentaba a los pies de su cama y tocaba para ella la flauta que llevaba. Por desgracia, nunca se despertaba, así que no sabía cómo lo sabía; simplemente, lo sabía.

—¡Qué tonterías estás diciendo, preciosa! Nadie puede entrar en casa sin llamar antes.

—Es que creo que entra por la ventana —dijo Wendy.

—Pero cariño, si está en un tercer piso.

—¿No estaban las hojas al pie de la ventana, mamá?

Era verdad. Las hojas se habían hallado muy cerca de la ventana.

La señora Darling no sabía qué pensar, pues a Wendy todo aquello le parecía tan natural que no podía desestimarlo diciendo que lo había soñado.

—Hija mía —exclamó la madre— ¿por qué no me habías contado esto antes?

—Se me olvidó —dijo Wendy alegremente. Tenía prisa por desayunar.

En fin, seguramente lo había soñado.

Pero, por otro lado, estaban las hojas. La señora Darling las observó con mucha atención. Eran hojas secas, pero estaba segura de que no pertenecían a ningún árbol que creciera en Inglaterra. Gateó por el suelo, examinando todo a la luz de una pequeña vela en busca de posibles huellas de un pie extraño. Introdujo el atizador por la chimenea y golpeó sus paredes. Deslizó una cinta desde la ventana hasta el suelo, y comprobó que la altura era de unos nueve metros, y que ni siquiera había una cañería por la que se pudiera trepar.

Sin duda, Wendy lo había soñado.

Pero Wendy no lo había soñado, tal y como se demostró la noche siguiente, la noche en que empezaron las extraordinarias y maravillosas aventuras de todos estos niños.

Esa noche, todos los niños estaban en la cama. Resultó que esa tarde libraba Nana, de manera que la señora Darling los bañó y les cantó hasta que, uno a uno, soltaron su mano y se introdujeron en el país de los sueños. Parecían todos tan seguros y tan apacibles, que se rió de sus miedos y se sentó tranquilamente a coser junto al fuego de la chimenea.

Cosía una prenda para Michael, que iba a empezar a usar camisas el día de su cumpleaños. Sin embargo, el fuego era cálido, y el cuarto estaba ligeramente iluminado por las tres lamparillas de noche. Al rato, la costura descansaba en el regazo de la señora Darling, que enseguida comenzó a cabecear de un modo muy elegante. Se había quedado dormida. Mirad a los cuatro: Wendy y Michael allí, John aquí y la señora Darling junto al fuego. Hubiera sido necesaria una cuarta lamparilla.

Mientras dormía tuvo un sueño. Soñó que el país de Nunca Jamás se había acercado y que un chico había salido de él. No tenía miedo, ya que pensó que ya lo había visto antes en las caras de muchas mujeres que no tienen hijos. Quizás se encuentre también en las caras de algunas madres. Pero en su sueño había rasgado el velo que oculta el país de Nunca Jamás, y vio cómo Wendy, John y Michael observaban por ese agujero.

El sueño en sí mismo hubiera sido algo insignificante, pero mientras estaba soñando la ventana del cuarto de los niños se abrió con el viento y un chico se posó en el suelo. Lo acompañaba una curiosa luz, no más grande que uno de vuestros puños. Entró en la habitación como una flecha y revoloteó como si estuviera viva. Creo que fue esta luz la que despertó a la señora Darling.

Se levantó con un grito, vio al chico, y de algún modo supo enseguida que era Peter Pan. Si vosotros o yo o Wendy hubiéramos estado allí, habríamos visto que se parecía mucho al beso de la señora Darling. Era un muchacho encantador, vestido con hojas secas y con los jugos que brotan de los árboles, pero lo más fascinante era que conservaba todos los dientes de leche. Al ver que la señora Darling era adulta, rechinó esas pequeñas perlas dejándolas a la vista.

CAPÍTULO 2

La sombra

L a señora Darling gritó y, como en respuesta a una llamada, se abrió la puerta y entró Nana, que regresaba de su tarde libre. Gruñó y se lanzó sobre él, quien saltó rápidamente por la ventana. La señora Darling gritó de nuevo, esta vez angustiada por el chico, pues creía que se había matado. Corrió a la calle a buscar su cuerpecito, pero no estaba allí. Entonces alzó la mirada al cielo, pero en la noche oscura no pudo ver nada salvo lo que creyó que era una estrella fugaz.

Volvió al cuarto de los niños y vio que Nana tenía algo en la boca, que resultó ser la sombra del muchacho. Cuando éste saltó por la ventana, Nana la cerró con rapidez. Aunque era demasiado tarde para atraparlo, su sombra no había tenido tiempo de huir, ya que la ventana se cerró de golpe y la arrancó de su cuerpo.

Podéis estar seguros de que la señora Darling examinó la sombra con mucha atención. No obstante, era una sombra muy corriente.

Nana no tenía la menor duda sobre lo mejor que se podía hacer con esta sombra. La colgó en la parte exterior de la ventana, como diciendo: «Seguro que vuelve a por ella, así que vamos a ponerla donde pueda tomarla fácilmente sin molestar a los niños».

Pero, por desgracia, la señora Darling no pudo dejarla colgando fuera de la ventana, ya que parecía una prenda de ropa recién lavada y, además, rebajaba el prestigio de la casa. Pensó en enseñársela al señor Darling, pero éste se hallaba haciendo cuentas para

los abrigos de invierno de John y Michael, con una toalla alrededor de la cabeza para mantener el cerebro despejado. Daba pena molestarlo. Además, sabía exactamente lo que diría: «Todo esto pasa por tener a una perra por niñera».

Así que decidió enrollar la sombra y guardarla cuidadosamente en un cajón hasta encontrar el momento idóneo para contárselo a su marido. ¡Ay de mí!

El momento llegó al cabo de una semana, aquel viernes que jamás podrá olvidarse. Viernes tenía que ser.

—Debería haber mostrado especial atención un viernes —solía decirle después a su marido, mientras Nana se hallaba al otro lado, sujetando su mano.

—No, no —decía siempre el señor Darling—, yo soy el responsable de todo. Yo lo hice. *Mea culpa, mea culpa.* Había sido educado en el estudio de los clásicos.

Se sentaban así, noche tras noche, recordando aquel fatídico viernes, hasta que cada detalle quedaba grabado en sus cerebros.

—¡Ojalá no hubiera aceptado aquella invitación para cenar con los del 27! —decía la señora Darling.

—¡Ojalá no hubiera vertido mi medicina en el cuenco de Nana! —decía el señor Darling.

—¡Ojalá hubiera fingido que me gustaba la medicina! —gemía Nana.

—Es culpa de mi afición a las fiestas, George.

—Es culpa de mi horrible sentido del humor, querida.

—Es culpa de mi manía de irritarme por tonterías, queridos amos.

Entonces uno o más se derrumbaba por completo. Nana al pensar: «Es cierto, es cierto. No deberían tener a un perro como niñera». Más de una vez era el señor Darling quien acercaba el pañuelo a los ojos de Nana.

—¡Ese desalmado! —solía exclamar el señor Darling, y el ladrido de Nana le hacía de eco, pero la señora Darling nunca reprendía a Peter. Había algo en la comisura derecha de su boca que indicaba que no quería que insultara a Peter.

Solían sentarse en el cuarto vacío de los niños para rememorar intensamente cada pequeño detalle de aquella terrible noche. Había empezado de un modo corriente, de manera idéntica a cientos de noches pasadas, con Nana preparando el agua para el baño de Michael y llevándolo hasta él en su lomo.

—No quiero irme a la cama —gritaba él, como quien cree que tiene la última palabra en el asunto. No quiero, no quiero. Nana, todavía no son las seis. Ay, ay, por favor, no te querré más, Nana. ¡Te digo que no me quiero bañar, no quiero!

Entonces entró la señora Darling, vestida con su traje de noche blanco. Se había arreglado pronto porque a Wendy le encantaba verla con su vestido de noche, con el collar que le había regalado George. Llevaba puesta la pulsera de Wendy en el brazo; se la había pedido prestada. A Wendy le encantaba prestarle la pulsera a su madre.

Encontró a sus dos hijos mayores jugando a ser ella y su padre en el día en que nació Wendy. John estaba diciendo:

—Me complace informarla, señora Darling, de que ya es usted madre —y lo dijo en el tono que el señor Darling hubiera empleado.

Wendy bailó de alegría, tal y como lo hubiera hecho la verdadera señora Darling.

Después nació John, con toda la pompa adicional que, según él, merecía el nacimiento de un chico. Cuando volvió Michael de su baño pidió nacer también, pero John dijo de forma cruel que ya no querían más hijos.

Michael estuvo a punto de echarse a llorar.

—Nadie me quiere —dijo, y, naturalmente, la dama del vestido de noche no pudo soportarlo.

—Yo sí —dijo—, yo sí quiero un tercer hijo.

—¿Chico o chica? —preguntó Michael, sin muchas esperanzas.

—Chico.

Y entonces Michael se echó en sus brazos.

Qué cosa tan insignificante para recordarla ahora los señores Darling y Nana, aunque, de hecho, no era tan poco importante si aquélla iba a ser la última noche de Michael en el cuarto de los niños.

Siguieron con sus recuerdos.

—Entonces fue cuando entré yo como un tornado, ¿verdad? —decía el señor Darling, lleno de desprecio por sí mismo; y, de hecho, era cierto.

Quizás se le podría disculpar un poco. También él se había estado vistiendo para la cena, y todo había ido bien hasta que le tocó el turno a la corbata. Aunque resulte increíble, este hombre, que lo sabía todo sobre cotizaciones y acciones, no dominaba a su corbata. A veces, la corbata se rendía ante él sin pelear, pero en otras ocasiones hubiera sido mejor para el hogar que se hubiera tragado su orgullo y hubiera usado una corbata con el nudo ya hecho.

Y ésta fue una de esas ocasiones. Entró corriendo en el cuarto de los niños con ese animalejo de la corbata arrugada en la mano.

—Pero, bueno, ¿qué pasa, papá querido?

—¿Que qué pasa? —aulló él, porque aulló de verdad. Esta corbata, que no se anuda. Y empezó a ponerse peligrosamente sarcástico.

—¡Alrededor de mi cuello, no! ¡Alrededor del barrote de la cama! Oh sí, la he anudado veinte veces alrededor del barrote de la cama, pero en mi cuello, no. ¡Ay, qué cosa, no! ¡Y me ruega que la perdone!

Pensó que la señora Darling no estaba impresionada y continuó en tono severo:

—Te advierto, mamá, que si no anudo esta corbata, no iremos a cenar fuera, y si no voy a cenar fuera esta noche, jamás volveré a la oficina, y si no vuelvo a la oficina, tú y yo moriremos de hambre, y nos veremos obligados a arrojar a nuestros hijos a la calle.

Incluso entonces la señora Darling se mostró apacible.

—Déjame intentarlo, querido —dijo. De hecho, eso era lo que había venido a pedirle que hiciera. Con sus bonitas y frescas manos ella le anudó la corbata, mientras los niños permanecían de pie a su alrededor para ver cómo se decidía su destino. A algunos hombres les hubiera molestado que ella pudiera hacerlo con tanta facilidad, pero el señor Darling era de naturaleza demasiado apacible para eso, de modo que se lo agradeció despreocupadamente, olvidó su enfado al instante, y, en seguida, estaba bailando en la habitación con Michael a su espalda.

—¡Qué animadamente bailamos! —dijo la señora Darling recordando aquello.

—¡Nuestro último baile! —gimió el señor Darling.

—Oh, George, ¿recuerdas que Michael me dijo de pronto: «¿Cómo me conociste, mamá?»

—¡Lo recuerdo!

—Eran muy dulces, ¿no crees, George?

—¡Y eran nuestros, nuestros! Y ahora ya no están.

El baile ya había acabado cuando entró Nana. La mala suerte quiso que el señor Darling tropezara con ella y sus pantalones se cubrieron de pelos. Los pantalones eran nuevos, y, además, los primeros que llevaba con trencilla, de manera que tuvo que morderse los labios para evitar que le saltaran las lágrimas. Naturalmente, la señora Darling se los cepilló, pero él empezó de nuevo a decir que era un error tener a un perro como niñera.

—George, Nana es una joya.

—No lo dudo, pero a veces tengo la molesta sensación de que ve a los niños como cachorros.

—Oh no, querido, estoy segura de que sabe que tienen alma.

—Tengo mis dudas —dijo el señor Darling pensando—, tengo mis dudas.

Su esposa creyó que era el momento para contarle lo del chico. Al principio no hizo caso de la historia, pero luego, cuando le enseñó la sombra, se quedó muy pensativo.

—No es nadie que yo conozca —dijo él, examinándola atentamente—, pero sí que parece un sinvergüenza.

—Todavía estábamos hablando de ello, ¿recuerdas? —dijo el señor Darling—, cuando entró Nana con la medicina de Michael. Nunca más volverás a llevar el frasco en tu boca, Nana, y todo por mi culpa.

Aunque era un hombre muy fuerte, no cabe duda de que se comportó de un modo indebido con lo de la medicina. Si tenía una debilidad, era pensar que durante toda su vida se había tomado las medicinas con valentía, y por eso entonces, cuando Michael esquivó la cuchara que Nana llevaba en la boca, él dijo reprendiéndole: «Pórtate como un hombre, Michael».

—¡No lo haré, no lo haré! —gritó Michael de malos modos. La señora Darling salió de la habitación para traerle una chocolatina, pero el señor Darling pensó que aquello mostraba falta de firmeza.

—No lo malcríes, mamá —le gritó. Michael, cuando tenía tu edad, me tomaba las medicinas sin rechistar, y decía: «Gracias, bondadosos padres, por darme frascos de medicina que servirán para curarme».

Él creía que eso era cierto. Wendy, que ya llevaba puesto el camisón para dormir, también lo creía. Para animar a Michael dijo: «Esa medicina que tomas a veces, papá, sabe peor, ¿verdad?».

—Muchísimo peor —dijo el señor Darling lleno de valor—, y ahora mismo me la tomaría para darte ejemplo, Michael, si no hubiera perdido el frasco.

En realidad, no lo había perdido; se había encaramado en lo alto de un armario en el silencio de la noche para esconderlo allí. Lo que no sabía es que la fiel Liza lo había encontrado, y lo había colocado de nuevo en el estante del lavabo.

—Yo sé dónde está, papá —gritó Wendy, siempre encantada de poder ayudar. Ahora lo traigo —y salió de la habitación antes de que el señor Darling pudiera detenerla. Al momento, su alegría se desvaneció de la forma más extraña.

—John —dijo, estremeciéndose— es un mejunje asqueroso. Es una cosa repugnante, pegajosa y dulce.

—Pronto pasará todo, papá —dijo John, y luego entró corriendo Wendy con la medicina en un vaso.

—Has sido rápida —anunció su padre, con una cortesía vengativa que a ella le pasó por alto.

—Primero Michael —dijo el señor Darling.

—Primero papá —dijo Michael, que era de naturaleza desconfiada.

—Me pondré malo, ¿sabes? —dijo el señor Darling.

—Vamos, papá —dijo John.

—Tú calla, John —le amonestó su padre.

Wendy estaba muy desconcertada.

—Creí que para ti era muy fácil, papá.

—Ésa no es la cuestión —contestó. La cuestión es que hay más cantidad en mi vaso que en la cuchara de Michael. Su orgulloso corazón estaba a punto de estallar. Y no es justo: lo diría incluso en mi último suspiro. No es justo.

—Papá, estoy esperando —dijo Michael con frialdad.

—Me parece bien que digas que estás esperando. También yo estoy esperando.

—Papá es un cobardica.

—También tú eres un cobardica.

—Yo no estoy asustado.

—Tampoco yo estoy asustado.

—Bien, entonces tómatela.

—Bien, entonces tómatela tú.

Wendy tuvo entonces una espléndida idea.

—¿Por qué no os la tomáis los dos a la vez?

—Exacto —dijo el señor Darling. ¿Estás preparado, Michael?

Wendy contó uno, dos, tres, y Michael se tomó su medicina, pero el señor Darling derramó la suya. Michael soltó un chillido de rabia, y Wendy exclamó: «¡Oh, papá!».

—¿Qué quieres decir con eso de «¡Oh, papá!» —preguntó el señor Darling. Deja de meter bulla, Michael. Me la iba a tomar, pero... fallé.

Fue terrible la forma en que los tres lo estaban mirando, como si no lo admiraran.

—Escuchad todos —dijo suplicándoles, tan pronto como Nana se fue al cuarto de baño. Se me acaba de ocurrir una buena broma. ¡Verteré mi medicina en el cuenco de Nana y se la beberá pensando que es leche!

Era del mismo color que la leche; sin embargo, los niños no tenían el sentido del humor que su padre, y lo miraron con reproche mientras él vertía la medicina en el cuenco de Nana.

—¡Qué divertido! —dijo no muy convencido, y ellos no se atrevieron a delatarlo cuando regresaron la señora Darling y Nana.

—Nana, perra buena —dijo—, he puesto un poco de leche en tu cuenco.

Nana movió la cola, corrió hacia la medicina y empezó a lamerla. Pero, ¡qué mirada lanzó al señor Darling! No era una mirada de enfado. Le enseñó el gran lagrimal rojo que hace que sintamos tanta lástima por los perros nobles, y se arrastró hasta su caseta.

El señor Darling se sintió avergonzado. La señora Darling olió el cuenco.

—¡Oh George, es tu medicina!

—Sólo era una broma —rugió él, mientras ella consolaba a sus hijos, y Wendy abrazaba a Nana.

—No sirve de nada —dijo él— que me esfuerce tanto en divertir esta casa.

Y Wendy seguía abrazando a Nana.

—¡Eso es —gritó el señor Darling. ¡Mímala! Nadie me mima a mí. ¡Ay no, a mí no! Yo sólo traigo el pan a casa, ¿por qué habría que mimarme? ¡Por qué, por qué, por qué!

—George —le rogó la señora Darling—, no grites tanto; te van a oír los criados.

De alguna forma se habían acostumbrado a llamar a Liza los criados.

—¡Que me oigan! —contestó él. ¡Que me oiga el mundo entero! Pero me niego a permitir que esa perra mande en el cuarto de mis niños una hora más.

Los niños se echaron a llorar, y Nana corrió hacia él suplicante, pero él la apartó con un gesto de despedida. Sentía que volvía a ser un hombre fuerte.

—Es inútil, es inútil —gritó. El sitio que te corresponde es el patio, y allí debes ir para que te ate en este mismo instante.

—George, George —susurró la señora Darling—, recuerda lo que te he contado sobre ese chico.

Pero, ¡ay!, él no la quería escuchar. Estaba decidido a demostrar quién era el amo en la casa, y al ver que sus órdenes no sacaban a Nana de la caseta, la engañó para que saliera con palabras dulces, y luego la arrastró fuera del cuarto. Estaba avergonzado de sí mismo, pero aun así lo hizo. Y todo se debía a su carácter demasiado afectuoso, que se moría en busca de admiración. Una vez la hubo atado en el patio trasero, el desdichado padre se fue y se sentó en el pasillo, frotándose los ojos con los nudillos.

Entre tanto, la señora Darling acostó a los niños en silencio y encendió las lamparillas de noche. Oían ladrar a Nana, y John afirmó:

—Es porque está atada en el patio.

Pero Wendy era más lista.

—Ése no es el ladrido de tristeza de Nana —dijo, sin imaginarse lo más mínimo lo que estaba a punto de suceder. Ése es el ladrido de cuando huele algún peligro.

¡Peligro!

—¿Estás segura, Wendy?

—¡Oh, sí!

La señora Darling tembló y se acercó a la ventana. Estaba perfectamente cerrada. Miró fuera y vio la noche salpicada de estrellas. Se estaban reuniendo en torno a la casa, como si sintieran curiosidad por saber lo que iba a suceder allí, aunque ella no se dio cuenta de esto, ni tampoco de que una o dos de las estrellas de menor tamaño le hicieron un guiño. Sin embargo, un miedo indescriptible se había aferrado a su corazón y la hizo exclamar:

—¡Oh! ojalá no tuviera que ir a una cena esta noche.

Incluso Michael, que ya estaba casi dormido, sabía que estaba preocupada, de modo que le preguntó:

—Mamá, ¿hay algo que pueda hacernos daño después de que se enciendan las lamparillas de noche?

—Nada, precioso —le dijo ella—, son los ojos que una madre deja para que protejan a sus hijos.

Fue de cama en cama entonando canciones preciosas, y el pequeño Michael le echó los brazos al cuello.

—Mamá —exclamó—, estoy contento de tenerte.

Fueron las últimas palabras que escucharía de su boca durante mucho tiempo.

El número 27 se hallaba a tan sólo unos cuantos metros de distancia, pero había caído un poco de nieve, y papá y mamá Darling caminaron con mucho cuidado para no ensuciarse los zapatos. Eran las únicas personas que había en la calle, y todas las estrellas los observaban. Aunque las estrellas son hermosas, no pueden participar activamente en nada, únicamente pueden observar por siempre jamás. Es un castigo que les impusieron por algo que hicieron hace tanto tiempo que ninguna estrella sabe lo que fue. Así que las viejas tienen los ojos vidriosos y rara vez hablan (el parpadeo es el lenguaje de las estrellas), pero las pequeñas todavía se maravillan. En realidad, aunque no se muestran muy amistosas con Peter, quien tiene la traviesa costumbre de acercarse sigilosamente por detrás y tratar de apagarlas con un soplido, les gusta tanto divertirse que esta noche están de su lado, y se sienten ansiosas por quitarse de en medio a los adultos. De modo que, tan pronto como se cerró la puerta del número 27 tras el señor y la señora Darling, el cielo se alborotó, y la más pequeña de todas las estrellas de la Vía Láctea gritó:

—¡Ahora, Peter!

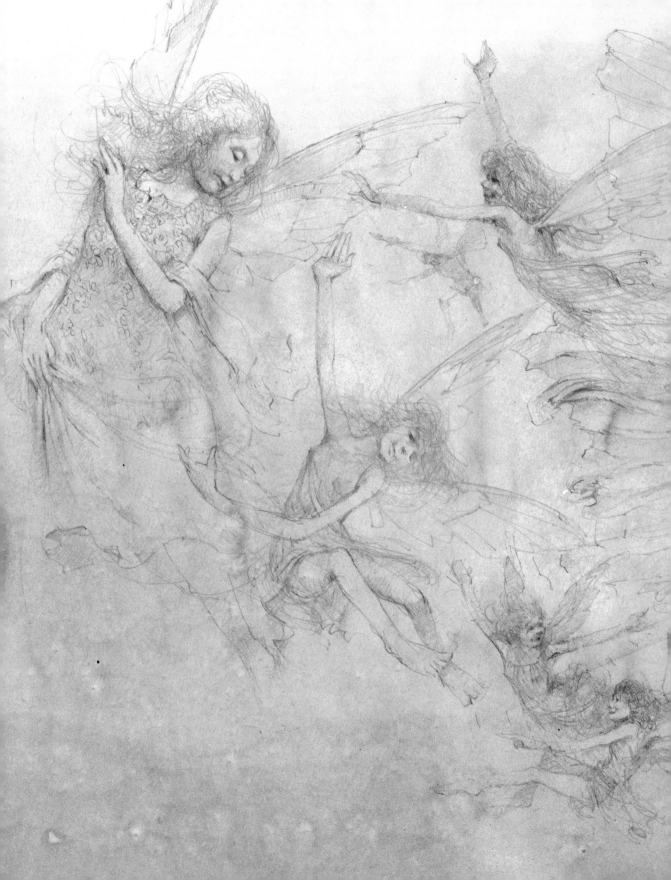

CAPÍTULO 3

¡Vámonos, vámonos!

Poco tiempo después de que el señor y la señora Darling abandonaran la casa, las lamparillas de noche que se encontraban junto a las camas de los niños continuaban encendidas. Eran unas lamparillas de noche estupendas, y no se puede dejar de pensar que ojalá hubieran estado encendidas para ver a Peter, pero la lámpara de Wendy parpadeó y soltó un bostezo tal que las otras dos se vieron obligadas a bostezar también, y antes de que pudieran cerrar sus bocas se apagaron las tres.

Pero en esos momentos había otra luz en la habitación, mil veces más brillante que las lamparillas de noche, y en el tiempo que nos ha llevado decir esto, ya se ha introducido en todos los cajones del cuarto de los niños para buscar la sombra de Peter. Además, ha rebuscado en el armario y ha vuelto del revés todos los bolsillos. En realidad, no era una luz, pero al moverse tan rápidamente por la habitación generaba luminosidad. Si descansaba un momento, se advertía que era un hada, de un palmo de altura como mucho, que todavía estaba en edad de crecimiento. Se llamaba Campanilla de Calderero. Lucía un exquisito vestido confeccionado con una hoja, escotado y cuadrado, a través del cual podía verse claramente su figura. Se veía que tenía una ligera tendencia a estar rellenita.

Un momento después de entrar el hada, la ventana se abrió empujada por el aliento de las estrellas, y Peter saltó dentro de la habitación. Como había llevado consigo a Campanilla parte del camino, su mano estaba todavía manchada de polvillo de hada.

—Campanilla —la llamó suavemente, tras asegurarse de que los niños estaban durmiendo—, Campanilla, ¿dónde estás?

En ese momento se encontraba en un jarro, y disfrutaba horrores. Nunca antes había estado en un jarro.

—Vamos, venga, sal de ese jarro y dime, ¿sabes dónde guardaron mi sombra?

Le contestó un encantador tintineo como de campanas doradas. Es el lenguaje de las hadas. Vosotros, los niños, no podéis oírlo, pero si pudierais sabríais que ya lo habíais escuchado en otra ocasión.

Campanilla dijo que la sombra se encontraba en la caja grande. Quería decir la cómoda. Peter se abalanzó sobre los cajones, y esparció su contenido en el suelo con ambas manos, del mismo modo en que los reyes lanzan monedas a la muchedumbre. En un instante recuperó su sombra, pero en su regocijo olvidó que había encerrado a Campanilla en el cajón.

Si Peter hubiera pensado algo en esos momentos, aunque, de hecho, no creo que pensara nada, hubiera sido que él y su sombra, al reunirse, se juntarían como gotas de agua. Pero al ver que esto no sucedió, se quedó horrorizado. Intentó pegarla con jabón del cuarto de baño, pero eso también falló. Un escalofrío le recorrió el cuerpo. Se sentó en el suelo y se echó a llorar.

Sus sollozos despertaron a Wendy, que se sentó en la cama. Pero ella no se asustó al ver a un extraño llorando en el suelo de su cuarto; sólo sintió un agradable interés.

—Niño —dijo con cortesía—, ¿por qué lloras?

Peter también podía ser extremadamente educado, pues había aprendido buenos modales en las ceremonias de las hadas, así que se levantó y le hizo una hermosa reverencia. Ella quedó encantada, y, a su vez, le hizo a él una bonita reverencia desde la cama.

—¿Cómo te llamas? —preguntó él.

—Wendy Moira Angela Darling —contestó ella. ¿Cómo te llamas tú?

—Peter Pan.

Aunque estaba segura de que tenía que ser Peter, le pareció que tenía un nombre excesivamente corto comparado con el suyo.

—¿Eso es todo?

—Sí —dijo él secamente. Por primera vez tuvo la impresión de que era un nombre muy corto.

—Lo siento mucho —dijo Wendy Moira Angela.

—No importa —masculló Peter.

Ella le preguntó dónde vivía.

—La segunda a la derecha —dijo Peter— y luego recto hasta la mañana.

—¡Qué dirección tan rara!

Peter se sintió desalentado. Le pareció una dirección extraña.

—No, no lo es —dijo.

—Quiero decir —dijo Wendy amablemente, pues recordó que era la anfitriona—, ¿es eso lo que escriben en las cartas?

—Yo no recibo cartas —dijo él con desdén.

—Pero tu madre sí recibe cartas, ¿verdad?

—No tengo madre —contestó él. No sólo no tenía madre, sino que no sentía el menor deseo de tener una. Le parecía que eran unas personas a quienes se daba demasiada importancia. Wendy sintió enseguida que estaba presenciando una tragedia.

—Oh, Peter, no me extraña que estuvieras llorando—dijo, y saltó de la cama para correr hasta él.

—No estaba llorando por ese asunto de las madres —dijo él bastante indignado. Estaba llorando porque no consigo que mi sombra quede pegada. Además, no estaba llorando.

—¿Se ha despegado?

Entonces Wendy vio la sombra en el suelo. Tenía un aspecto tan deteriorado que sintió mucha lástima por Peter.

—¡Qué horror! —dijo. Pero no pudo evitar sonreír cuando vio que había estado tratando de pegarla con jabón. ¡Cómo se notaba que era un chico!

Afortunadamente, ella supo enseguida lo que había que hacer.

—Se debe coser —dijo en un tono hasta cierto punto protector.

—¿Qué es coser? —preguntó él.

—Eres terriblemente ignorante.

—No, no lo soy.

Pero ella estaba encantada de su ignorancia.

—Te la coseré, mi hombrecito —dijo. Aunque él era tan alto como ella. Así, sacó su costurero y cosió la sombra al pie de Peter.

—Creo que te dolerá un poco —le advirtió.

—Oh, no lloraré —dijo Peter, que todavía no había llorado en su vida. Y apretó los dientes y no lloró, y, enseguida, su sombra empezó a hacer lo que debía, aunque aún estaba un poco arrugada.

—Tal vez tendría que haberla planchado —dijo Wendy pensativa. Pero a Peter, como chico que era, no le importaban las apariencias, de manera que estaba dando brincos de pura alegría. Y, ¡ay!, ya se había olvidado de que debía su felicidad a Wendy. Creía que había pegado la sombra él mismo.

—¡Qué listo soy! —alardeó con entusiasmo— ¡Pero qué ingenio el mío!

Es humillante tener que confesar que este engreimiento de Peter era una de sus cualidades. Por decirlo con toda franqueza, jamás ha existido un chico más presumido.

Pero, por el momento, Wendy estaba indignada.

—¡Pero qué engreído! —exclamó con sarcasmo. ¡Y yo no he hecho nada!

—Has hecho un poco —dijo Peter despreocupadamente. Y siguió bailando.

—¡Un poco! —replicó ella con altivez. Si no sirvo para nada, al menos puedo retirarme.

De manera que se metió en la cama con dignidad y se cubrió con las mantas.

Para hacer que lo mirara, Peter fingió que se iba, y cuando esta estratagema falló se sentó a los pies de la cama y le dio golpecitos con un pie.

—Wendy —dijo—, no te retires. No puedo evitar alardear cuando estoy satisfecho de mí mismo.

Pero aun así ella no lo miraba, aunque lo escuchaba con atención.

—Wendy —prosiguió Peter, con una voz a la que ninguna mujer ha podido resistirse todavía—, Wendy, una chica vale más que veinte chicos.

Y como Wendy era una mujer de pies a cabeza, aunque de la cabeza a los pies no existiera demasiada distancia, echó un vistazo por encima de las mantas.

—¿De verdad crees eso, Peter?

—Sí, lo creo.

—Creo que es muy amable de tu parte —dijo ella—, y me levantaré de nuevo. Así, se sentó junto a él en el borde de la cama. También dijo que le daría un beso si él lo deseaba, pero Peter no sabía lo que quería decir, de manera que alargó su mano.

—Sabes lo que es un beso, ¿verdad? —preguntó ella horrorizada.

—Lo sabré cuando me lo des —contestó él fríamente. Y para no herir sus sentimientos ella le entregó un dedal.

—Ahora —dijo él—, ¿te doy yo un beso? Y ella replicó en tono algo remilgado:

—Si quieres.

Entonces ella se bajó un poco, ya que inclinó su cara hacia él, pero Peter simplemente dejó caer un botón de bellota en su mano, así que ella volvió a colocarse donde estaba antes, y dijo amablemente que llevaría su beso en la cadena que lucía alrededor del cuello. Fue una suerte que lo guardara allí, ya que más tarde le salvaría la vida.

Cuando las personas de nuestro entorno son presentadas, es costumbre que se pregunten su edad, de manera que Wendy, a quien le gustaba hacer lo correcto, preguntó a Peter cuántos años tenía. Sin embargo, no fue una pregunta demasiado afortunada. Fue algo parecido a cuando en un examen te hacen preguntas de gramática cuando lo que quieres es que te pregunten sobre los reyes de Inglaterra.

—No lo sé —contestó él incómodo—, pero soy muy joven.

Aunque en realidad no tenía ni idea y tan sólo tenía sospechas, dijo:

—Wendy, me escapé el día en que nací.

Wendy se quedó sorprendida, pero, al mismo tiempo, sentía interés, de manera que le indicó, al elegante modo de los salones, que podía sentarse más cerca de ella.

—Fue porque escuché a papá y a mamá —explicó en voz baja— hablar de lo que sería cuando fuera un hombre. Al decir esto se sintió muy inquieto.

—No quiero ser un hombre jamás —dijo lleno de cólera. Quiero ser siempre un niño pequeño y divertirme. Así que me escapé a los jardines de Kensington y viví durante mucho, mucho tiempo con las hadas.

Ella lo miró con admiración, y aunque él pensó que era porque se había escapado, en realidad se debía a que conocía a las hadas. Wendy había vivido una vida tan hogareña que el hecho de conocer hadas le pareció estupendo. Le hizo muchísimas preguntas sobre ellas, para sorpresa de Peter, porque para él eran más bien una molestia, pues se interponían en su camino y cosas así. Incluso alguna vez había tenido que darles una paliza. Aun así, en general le gustaban, de modo que le explicó el origen de las hadas.

—Verás, Wendy, cuando el primer bebé rió por primera vez, su risa se rompió en mil pedazos, y éstos comenzaron a dar saltos, para dar lugar a las hadas.

Aunque era una conversación aburrida, a ella, que era muy hogareña y nunca se había movido de casa, le gustaba.

—Y por eso —continuó él afablemente— tendría que haber una hada para cada chico y cada chica.

—¿Tendría que haber? ¿Es que no la hay?

—No. Verás, los niños saben hoy tanto, que enseguida dejan de creer en las hadas. Cada vez que un chico dice: «No creo en las hadas», en algún lugar del mundo una hada muere.

Para ser sinceros, él creía que ya habían hablado bastante sobre las hadas. Por otro lado, le sorprendió que Campanilla estuviera tan silenciosa.

—No sé dónde se habrá metido —dijo, levantándose, y llamó a Campanilla por su nombre. De pronto el corazón de Wendy latió con fuerza.

—Peter —gritó— ¡no querrás decirme que hay una hada en esta habitación!

—Estaba aquí hace un momento —dijo un poco impaciente. No la oyes, ¿verdad? Y los dos intentaron escuchar.

—Lo único que oigo —dijo Wendy— es un tintineo de campanillas.

—Pues ésa es Campanilla. Ése es el lenguaje de las hadas. Yo también la oigo.

El sonido procedía de la cómoda, de modo que Peter se alegró. Nadie podía mostrar tanta alegría como Peter; su risa era el más encantador de los gorjeos. Aún conservaba su primera risa.

—Wendy —susurró contento—, ¡creo que la he encerrado en el cajón!

Dejó salir a Campanilla del cajón y ésta revoloteó por el cuarto gritando con furia.

—No deberías decir esas cosas —le replicó Peter. Pues claro que lo siento, pero, ¿cómo podía saber que estabas en el cajón?

Wendy no escuchaba a Peter.

—Oh, Peter —exclamó—, ¡ojalá se quedara quieta para poderla ver!

—Casi nunca se quedan quietas —dijo él. Pero, por un instante, Wendy vio cómo la figura romántica descansó sobre el reloj de cuco.

—¡Oh, qué bonita! —gritó, aunque el rostro de Campanilla estaba todavía crispado por la rabia.

—Campanilla —dijo Peter en tono amistoso—, esta dama dice que desearía que fueras su hada.

Campanilla respondió de malos modos.

—¿Qué dice, Peter?

—No es muy educada. Dice que eres una chica grande y fea, y que ella es mi hada.

—Peter trató de discutir con Campanilla.

—Sabes que no puedes ser mi hada, Campanilla, porque yo soy un caballero y tú una dama.

A lo que Campanilla contestó con estas palabras:

—Burro.

Y se fue al cuarto de baño.

—Es un hada muy vulgar —explicó Peter disculpándose. Se llama Campanilla de Calderero porque repara las cacerolas y las teteras.

En ese momento estaban los dos en el sillón, pero Wendy seguía haciéndole demasiadas preguntas.

—Si ahora no vives en los jardines de Kensington...

—A veces sí.

—Pero, ¿dónde vives la mayor parte del tiempo?

—Con los chicos perdidos.

—¿Quiénes son?

Son los niños que se caen de sus cochecitos cuando las niñeras miran a otro lado. Si en siete días no los reclaman, los envían muy lejos, al país de Nunca Jamás, para pagar los gastos. Yo soy el capitán.

—¡Qué divertido tiene que ser!

—Sí —dijo el astuto Peter—, pero estamos muy solos. Verás, es que no tenemos compañía femenina.

—¿Ninguno de esos niños es una chica?

—No, qué va, ya sabes, las chicas son demasiado listas para caerse de sus carros.

Esto halagó inmensamente a Wendy.

—Me encanta —dijo—, la forma en que hablas de las chicas. John, que es ése, nos desprecia.

Como respuesta, Peter se levantó y de una patada sacó a John de la cama, con mantas y todo. A Wendy esto le pareció excesivo para tratarse de una primera cita, de manera que le dijo con gran genio que él no era el capitán de su casa. Sin embargo, al ver que John siguía durmiendo plácidamente en el suelo le permitió quedarse allí.

—Sé que querías ser amable —dijo, para suavizar la situación—, así que puedes darme un beso.

En aquel momento, olvidó que Peter no sabía qué eran los besos.

—Sabía que me pedirías que te lo devolviera —dijo en un tono algo amargo. Y le alargó el dedal para devolvérselo.

—¡Ay, no! —dijo la amable Wendy. No quería decir un beso, sino un dedal.

—¿Qué es eso?

—Es esto. Y le besó.

—¡Qué curioso! —dijo Peter muy serio. ¿Ahora, te doy yo un dedal?

—Si lo deseas —dijo Wendy, que esta vez mantuvo la cabeza recta.

Peter le entregó un dedal, y, de inmediato, ella casi soltó un chillido.

—¿Qué pasa, Wendy?

—Es como si alguien me hubiera tirado del pelo.

—Debe de haber sido Campanilla. Nunca la había visto con este comportamiento.

Y, efectivamente, Campanilla estaba revoloteando de nuevo alrededor del cuarto diciendo palabrotas.

—Wendy, dice que te hará eso cada vez que te dé un dedal.

—Pero, ¿por qué?

—¿Por qué, Campanilla?

Y Campanilla respondió de nuevo:

—¡Burro!

Peter no entendía por qué, pero Wendy sí. Se decepcionó un poco cuando él admitió que no había entrado por la ventana de la habitación para verla a ella, sino para escuchar cuentos.

—Verás, es que yo no sé ningún cuento. Ninguno de los chicos perdidos conoce ningún cuento.

—¡Es terrible! —dijo Wendy.

—¿Sabes —preguntó Peter— por qué las golondrinas construyen sus nidos en los aleros de las casas? Es para escuchar cuentos. Y ¡ay, Wendy!, tu madre os estaba contando un cuento tan bonito.

—¿Qué cuento era?

—El del príncipe que no encontraba a la dama que había lucido el zapatito de cristal.

—Peter —dijo Wendy emocionada—, ése era el de la Cenicienta. El príncipe la encontró, y vivieron felices para siempre.

Peter se puso tan contento que se levantó del suelo donde habían estado sentados y corrió hacia la ventana.

—¿Adónde vas? —gritó ella con recelo.

—A contárselo a los demás chicos.

—No te vayas, Peter —le rogó ella—, yo me sé muchos cuentos.

Ésas fueron sus palabras, de manera que no puede negarse que fue ella quien primero lo tentó.

Volvió con una mirada que debería de haberla alarmado. Sin embargo, no sucedió así.

—¡Ah, cuántos cuentos podría contarles a los chicos! —exclamó ella, y entonces Peter la agarró y empezó a arrastrarla hacia la ventana.

—¡Suéltame! —le ordenó ella.

—Wendy, ven conmigo y cuéntaselos a los demás chicos.

Naturalmente, ella estaba encantada de que se lo pidiera, pero dijo:

—Pero, querido, no puedo. ¡Piensa en mamá! Además, no puedo volar.

—Yo te enseñaré.

—Oh, ¡qué bonito sería volar!

—Te enseñaré a saltar sobre el lomo del viento, y luego nos iremos lejos.

—¡Oooh! —exclamó ella con gran excitación.

—Wendy, Wendy, mientras estás durmiendo en esa estúpida cama podrías estar volando por ahí conmigo diciendo cosas divertidas a las estrellas.

—¡Oooh!

—Y Wendy, hay sirenas.

—¡Sirenas! ¿Con colas?

—Con unas colas muy largas.

—¡Oh! —gritó Wendy. ¡Cómo debe de ser ver a una sirena!

Peter era terriblemente astuto.

—Wendy —dijo—, cómo te respetaríamos todos.

Ella movía su cuerpo con angustia, como si estuviera intentando mantenerse en el suelo de la habitación. Pero él no tuvo piedad de ella.

—Wendy —dijo el muy pícaro—, podrías arroparnos por la noche.

—¡Oooh!

—A ninguno de nosotros nos han arropado jamás por la noche.

—¡Oooh! Y ella tendió sus brazos hacia él.

—Y podrías zurcirnos la ropa, y hacernos bolsillos. Ninguno tiene bolsillos.

¡Cómo podía resistirse!

—¡Pues claro, sería absolutamente fascinante! —exclamó ella.

—Peter, ¿enseñarías a volar también a John y a Michael?

—Si tú quieres... —dijo él con indiferencia.

Y ella corrió hacia John y Michael y los sacudió.

—Levantaros —gritó. Ha venido Peter y va a enseñarnos a volar.

John se frotó los ojos.

—Entonces tendré que levantarme —dijo.

Claro, que ya estaba en el suelo.

—¡Hola —dijo—, ya estoy levantado!

Para entonces, Michael estaba también levantado. Estaba tan derecho como una navaja con seis cuchillas y una sierra, pero de pronto Peter hizo señas para que guardaran silencio. Sus caras expresaban la tremenda astucia de los niños cuando escuchan los ruidos del mundo de los mayores. No se oía ni una mosca. Entonces, todo iba bien. Pero no, ¡quietos! Todo iba mal. Nana, que había estado ladrando penosamente toda la noche, ahora estaba callada. ¡Lo que habían oído era su silencio!

—¡Apagad la luz! ¡Esconderos! ¡Rápido! —gritó John, que tomó el mando por única vez durante toda la aventura. Y por eso, cuando entró Liza sujetando a Nana, el cuarto de los niños parecía el mismo de siempre, muy oscuro. Incluso vosotros habríais jurado que oíais a sus tres traviesos ocupantes respirando angelicalmente mientras dormían. Lo cierto es que lo estaban fingiendo con mucho arte desde la parte de detrás de las cortinas.

Liza estaba de mal humor, puesto que se encontraba en la cocina haciendo la masa de los pudings de Navidad cuando tuvo que abandonar su tarea, con una pasa todavía en la mejilla, por culpa de las absurdas sospechas de Nana. Pensó que la única forma de conseguir un poco de tranquilidad era llevar a Nana un momento al cuarto de los niños, pero bajo su custodia, naturalmente.

—Ahí lo tienes, animal desconfiado —dijo Liza, sin lamentar que Nana se pudiera sentir avergonzada. Están perfectamente a salvo, ¿no? Cada uno de los angelitos está durmiendo en su cama. Escucha su suave respiración.

En ese momento, Michael, animado por su éxito, respiró tan fuerte que casi los descubren. Nana conocía ese tipo de respiración, de modo que intentó librarse de las garras de Liza.

Pero Liza era dura de entendimiento.

—Basta ya, Nana —dijo severamente, arrastrando a Nana fuera de la habitación. Te advierto que si ladras otra vez iré directa a buscar al amo y a la ama para traerlos a casa de la fiesta y entonces, ¡cómo te pegará el amo! Ya verás.

Así que ató de nuevo a la infeliz perra. Pero, ¿creéis que Nana dejó de ladrar? ¡Traer al amo y al ama a casa de la fiesta! ¡Pero si eso era precisamente lo que quería! ¿Creéis que le importaba que la pegaran mientras los niños a su cargo estuvieran seguros? Desgraciadamente, Liza volvió con sus pudings, y Nana, al ver que no la ayudaría, tiró y tiró de la cadena hasta que al fin la rompió. Inmediatamente después, entró como una flecha en el comedor del número 27 y levantó sus patas, ya que era la forma más expresiva de comunicarse. El señor y la señora Darling supieron que algo terrible estaba ocurriendo en el cuarto de los niños, y, sin decir adiós a su anfitriona, salieron corriendo a la calle.

Pero ya habían pasado diez minutos desde que esos pillos respiraban detrás de las cortinas, y Peter puede hacer muchas cosas en diez minutos.

Ahora, volvamos al cuarto de los niños.

—Todo está bien —anunció John, saliendo de su escondite.
Pero, oye, Peter, ¿realmente puedes volar?

En lugar de contestarle, Peter voló alrededor de la habitación, y, a su paso, se posó en la repisa de la chimenea.

—¡Qué espléndido! —dijeron John y Michael.

—¡Qué encantador! —exclamó Wendy.

—¡Sí, soy encantador! —dijo Peter, olvi-
dando sus buenos modales.

Parecía fácil, de manera
que primero lo intentaron desde el suelo y luego desde las ca-
mas, pero siempre iban hacia abajo en vez de hacia arriba.

—Pero, ¿cómo lo haces? —preguntó John, frotándose una rodilla. Era un chico muy
práctico.

—Únicamente tenéis que pensar cosas bonitas y maravillosas —explicó Peter— y
ellas os levantarán por el aire.

Se lo volvió a demostrar.

—Tú lo haces tan rápido —dijo John. ¿No podrías hacerlo una vez muy despacio?
Peter lo hizo despacio y deprisa.

—¡Ya lo tengo, Wendy! —gritó John. Pero enseguida comprobó que no era así. Ninguno de ellos podía volar ni un centímetro, aunque incluso Michael ya sabía palabras de
dos sílabas, mientras que Peter no se sabía ni tan siquiera el abecedario.

Naturalmente, Peter había estado jugando con ellos, ya que nadie puede volar si no
se sopla sobre el polvo de hadas. Afortunadamente, como ya se ha dicho anteriormente,
una de sus manos estaba manchada con ese polvillo. Peter sopló un poquito sobre cada uno
de ellos y los resultados fueron magníficos.

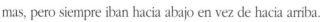

—Ahora moved los hombros así —dijo—, y dejaros llevar.

Todos estaban encima de sus camas, y el valiente Michael se lanzó el primero. Aunque no pensaba lanzarse, lo hizo, y, al momento, cruzó la habitación por el aire.

—¡He volado! —gritó, mientras aún estaba en el aire. Entonces, John se dejó llevar y se encontró con Wendy cerca del cuarto de baño.

—¡Oh, es encantador!

—¡Oh, es bárbaro!

—¡Miradme!

Volaron arriba y abajo, y dieron muchas vueltas. Wendy lo describió como divino.

—Escuchad —exclamó John—, ¿por qué no salimos fuera?

Evidentemente, Peter los había estado tentando precisamente para que dijeran eso.

Michael estaba preparado. Quería saber cuánto tardaría en recorrer un billón de kilómetros. Pero Wendy tenía sus dudas.

—¡Sirenas! —dijo Peter otra vez.

—¡Oooh!

—Y hay piratas.

—Piratas —exclamó John, tomando su sombrero de los domingos. Deja que nos vayamos ya.

Precisamente en ese instante, el señor y la señora Darling salieron corriendo del número 27 con Nana. Corrieron hasta el centro de la calle para mirar hacia la ventana del cuarto de los niños, que, efectivamente, aún estaba cerrada. No obstante, la habitación tenía una luz resplandeciente, y lo que más estremeció sus corazones fue ver cómo a través de la cortina se podía vislumbrar la sombra de tres figurillas en pijama dando vueltas y vueltas, pero no por el suelo, sino por el aire. ¡Y no eran tres figuras, sino cuatro!

Abrieron la puerta de la calle temblando. El señor Darling quería subir las escaleras corriendo, pero la señora Darling le indicó por señas que fuera despacio. Incluso trató de que su corazón latiera lentamente.

¿Llegarán a tiempo al cuarto de los niños? Si lo logran, ¡qué alegría para ellos! Además, todos suspiraremos de alivio, pero si es así no habrá cuento. Por otro lado, si no llegan a tiempo, quiero prometeros solemnemente que el final será feliz.

Habrían llegado a tiempo al cuarto de los niños si las diminutas estrellas no hubieran estado observándolos. Una vez más, las estrellas abrieron la ventana con sus soplos, y la más pequeña de todas ellas gritó:

—¡Cuidado, Peter!

Y entonces Peter supo que no había tiempo que perder.

—¡Venga! —exclamó imperiosamente, y se elevó al momento en la noche, seguido por John, Michael y Wendy.

El señor, la señora Darling y Nana entraron en la habitación demasiado tarde. Los pájaros ya habían volado.

CAPÍTULO 4

El vuelo

La segunda a la derecha y luego todo recto hasta la mañana.

Ése, había dicho Peter a Wendy, era el camino hasta el país de Nunca Jamás, pero ni los pájaros, aun con mapas que pudieran consultar en las esquinas azotadas por el viento, hubieran podido avistarlo con esas instrucciones. Y es que, de hecho, Peter simplemente decía lo primero que se le ocurría.

Al principio, sus compañeros pusieron toda su confianza en él, y, como las delicias de volar eran tan maravillosas, perdieron mucho tiempo dando vueltas alrededor de las agujas de las iglesias o de cualquier objeto elevado que les llamara la atención a su paso.

John y Michael hacían carreras en las que Michael empezaba con ventaja.

Recordaron con desprecio que hacía poco se habían creído unos magníficos jovencitos por ser capaces de volar alrededor de una habitación.

No hacía mucho tiempo. ¿Pero cuánto? Estaban ya sobrevolando el mar antes de que este pensamiento empezara a preocupar seriamente a Wendy. John pensó que era su segundo mar y su tercera noche.

En algunas ocasiones, reinaba la oscuridad y, en otras, había luz; incluso en ciertos momentos, tenían mucho frío y después demasiado calor. ¿Se sentían verdaderamente hambrientos de vez en cuando, o sólo lo fingían porque Peter tenía una nueva y alegre forma de alimentarlos? Esta forma consistía en perseguir a los pájaros que llevaban en su pico alimentos adecuados para humanos y quitárselos; los pájaros, no contentos, le perseguían y se los quitaban a él, y así continuaban jovialmente durante muchos kilómetros hasta que al final se separaban y se expresaban mutuamente su buena voluntad. Pero Wendy advirtió que Peter parecía no saber que aquélla era una forma muy extraña de obtener alimentos, ni que existían otras maneras de hacerlo.

No era necesario fingir tener sueño, ya que, en realidad, lo tenían, lo cual era peligroso, ya que en cuanto cabeceaban, se caían. Lo peor es que a Peter eso le divertía.

—¡Ahí va de nuevo! —exclamaba alegremente, mientras Michael se caía como una piedra.

—¡Sálvalo, sálvalo! —gritaba Wendy, mirando con horror el cruel mar que se hallaba tan lejos, allá abajo. Finalmente, Peter se zambullía en el aire y agarraba a Michael justo antes de que se estrellara contra el mar, y, aunque siempre esperaba hasta el último momento, y uno sentía que lo que le importaba era mostrar su ingenio, en lugar de salvar una vida humana, la forma en que actuaba era extraordinaria. Además, era cambiante,

de modo que lo que le absorbía en un momento, de pronto dejaba de entusiasmarle, por lo que siempre existía la posibilidad de que la próxima vez que alguien se cayera permitiría que se hundiera.

Peter podía dormir en el aire sin caerse, simplemente colocándose de espaldas y flotando. Era tan ligero que si alguien se ponía detrás de él y soplaba, volaba más deprisa.

—Sé más educado con él —susurró Wendy a John cuando jugaban al «Rey».

—Entonces dile que deje de pavonearse —dijo John.

Cuando jugaban al «Rey», Peter solía volar muy cerca del agua para tocar las aletas de los tiburones mientras pasaba por encima, del mismo modo en que alguien pasaría el dedo por una barandilla de hierro en la calle. Como los niños no podían imitarlo, seguramente lo hacía para fanfarronear, sobre todo cuando se quedaba detrás para saber cuántas aletas no podían tocar.

—Debéis ser amables con él —recalcaba Wendy a sus hermanos. ¡Qué haríamos si nos abandonara!

—Podríamos regresar —dijo Michael.

—¿Y cómo lograríamos encontrar el camino de vuelta sin él?

—Bueno, entonces podríamos seguir adelante.

—Eso es lo terrible del caso, John. Tendríamos que continuar, porque no sabemos cómo parar.

Era verdad. Peter había olvidado enseñarles cómo parar.

John dijo que si realmente ocurría lo peor, todo lo que tenían que hacer era seguir en línea recta, ya que el mundo era redondo, así que en algún momento volverían a encontrarse frente a su ventana.

—¿Y quién va a conseguirnos comida, John?

—Yo robé un poco del pico de esa águila bastante bien, Wendy.

—Después de intentarlo veinte veces —le recordó Wendy. Y aunque lográsemos robar comida, mira cómo chocamos contra las nubes y otras cosas si él no está cerca para ayudarnos.

Efectivamente, chocaban constantemente. Aunque en esos momentos volaban con fuerza, todavía pataleaban demasiado, y si veían una nube delante de ellos, cuanto más trataban de esquivarla, más probabilidades existían de chocar con ella. Si Nana hubiera estado con ellos, ya le habría vendado la frente a Michael.

Como en ese momento Peter no estaba con ellos, se sintieron muy solos allí arriba. Él podía volar mucho más rápido que ellos, tanto, que de pronto desaparecía de su vista para vivir alguna aventura en la que ellos no participaban. Luego regresaba riéndose de algo tremendamente divertido que le había estado contando a una estrella, aunque ya había olvidado lo que era, o bien volvía con escamas de sirena todavía adheridas al cuerpo, y, sin embargo, no podía explicar qué era lo que le había ocurrido exactamente. No obstante, todo esto era muy irritante para los niños, puesto que jamás habían visto una sirena.

—Y si se olvida de ellas tan rápidamente —argumentó Wendy—, ¿cómo podemos esperar que se siga acordando de nosotros?

Y, de hecho, cuando regresaba, a veces no los recordaba, o, al menos, no muy bien. Wendy veía en sus ojos cómo los reconocía cuando estaba a punto de charlar con ellos un ratito y proseguir su camino. Una vez, incluso tuvo que recordarle cuál era su nombre.

—Soy Wendy —dijo ella agitada.

Él lo sentía mucho.

—Mira, Wendy —le susurró él—, siempre que veas que me he olvidado de ti, simplemente repite «Soy Wendy», y entonces te recordaré.

Naturalmente, era muy decepcionante. Sin embargo, para arreglar las cosas, Peter les enseñó cómo permanecer tumbados sobre un viento fuerte que soplara en su dirección. Fue un cambio tan placentero y lo probaron tantas veces que al final vieron que así podían dormir seguros. Y la verdad es que hubieran dormido más tiempo, pero Peter se cansaba muy pronto de dormir, y, enseguida, gritaba con su voz de capitán:

—Nos bajamos aquí.

Así que, con alguna riña, aunque la mayor parte del tiempo divirtiéndose, se iban acercando a Nunca Jamás. Después de muchas lunas alcanzaron el país, y, lo que es más, habían viajado en línea recta todo el tiempo, gracias no tanto a la ayuda de Peter Pan o Campanilla como a que la isla los estaba buscando, ya que sólo de ese modo es posible avistar esas mágicas orillas.

—Ahí está —dijo Peter muy tranquilo.

—¿Dónde, dónde?

—Allí, donde señalan todas las flechas.

Y, efectivamente, un millón de flechas doradas se lo estaban señalando a los niños, todas ellas dirigidas por su amigo el Sol, que quería que estuvieran seguros del camino que debían seguir.

Wendy, John y Michael se alzaron sobre la punta de los pies encima del aire para echar su primer vistazo a la isla. Y aunque parezca extraño, todos la reconocieron al instante y, hasta que el miedo no se apoderó de ellos, la saludaron, no como algo con lo que se sueña durante largo tiempo y finalmente se ve, sino como a un amigo familiar al que se vuelve para pasar las vacaciones.

—John, ahí está la laguna.

—Wendy, mira cómo las tortugas entierran sus huevos en la arena.

—¡Mira, John, veo tu flamenco con la pata rota!

—Michael, mira, ahí está tu cueva.

—John, ¿qué es aquello que se ve en la maleza?

—Es una loba con sus cachorros. ¡Wendy, creo que ése es tu pequeño cachorro!

—¡Ahí está mi barca, John, con los lados rotos!

—No, no es tu barca, ya sabes que la quemamos.

—Pues yo creo que sí lo es. ¡Mira, John, veo el humo del campamento de los pieles rojas!

—¿Dónde? Muéstramelo, y te diré después de ver cómo se retuerce el humo si están en guerra.

—Allí, justo al otro lado del río Misterioso.

—Ya lo veo. Sí, efectivamente están en guerra.

Peter Pan estaba un poco molesto con ellos porque sabían demasiadas cosas, pero si lo que quería era dominarlos, su triunfo estaba al alcance de la mano, pues, ¿no he dicho ya que al poco tiempo el miedo se apoderó de ellos?

El miedo apareció cuando desaparecieron las flechas y la isla quedó en la oscuridad.

En el pasado, cuando estaban en casa, el país de Nunca Jamás siempre era un poco oscuro y amenazador a la hora de acostarse. Entonces aparecían territorios inexplorados que se extendían, y en ellos se movían sombras negras, el rugido de los depredadores sonaba de otro modo, y, sobre todo, ya no se tenía la certeza de poder ganar. Uno agradecía mucho que estuvieran encendidas las lamparillas de noche. E incluso era gratificante oír decir a Nana que aquello de allí sólo era la repisa de la chimenea, y que el país de Nunca Jamás era una invención.

Y, naturalmente, el país de Nunca Jamás había sido una invención en aquellos días del pasado, pero ahora era real, no había lamparillas de noche y la oscuridad era mayor a cada momento, y ¿dónde estaba Nana?

Aunque habían volado separados, se colocaron cerca de Peter. Su actitud despreocupada finalmente desapareció. Los ojos le echaban chispas, y cada vez que tocaban su cuerpo le recorría un cosquilleo. Se hallaban encima de la temida isla, volando tan bajo que a veces un árbol les rozaba los pies. En el aire era imposible ver nada horrible, pero su avance era lento y laborioso, exactamente como si estuvieran abriéndose paso penosamente a través de fuerzas hostiles. En ocasiones permanecían inmóviles en el aire hasta que Peter lo golpeaba con sus puños.

—No quieren que aterricemos —explicó Peter.

—¿Quiénes? —susurró Wendy, tiritando.

Pero él no podía o no quería decirlo. Aunque Campanilla había estado durmiendo en su hombro, Peter la despertó y la envió al frente de la expedición.

A veces se posaba en el aire para escuchar atentamente con la mano en la oreja y volvía a mirar abajo con unos ojos tan brillantes que parecía que iban a agujerear el suelo. Después de hacer todo esto, continuaba adelante.

Su coraje era casi aterrador.

—¿Os gustaría vivir una aventura ahora —dijo a John como quien no quiere la cosa— o preferís tomar primero el té?

Wendy dijo enseguida: «Primero el té», y Michael le apretó la mano para darle las gracias, pero John, que era más valiente, dudó.

—¿Qué tipo de aventura? —preguntó con prudencia.

—Hay un pirata durmiendo sobre la pampa justo debajo de nosotros —le contó Peter. Si quieres, podemos bajar y matarlo.

—No lo veo —dijo John tras una larga pausa.

—Yo sí.

—Pero imagina —dijo John, con voz algo ronca— que se despierta.

Y entonces Peter dijo indignado:

—¡No pensarás que lo mataría mientras está durmiendo! Primero lo despertaría y luego lo mataría. Lo hago siempre de esa forma.

—¡Vaya! ¿Y matas a muchos?

—A montones.

John dijo: «¡Qué emocionante!», pero decidió tomar primero el té. Preguntó si había muchos piratas en la isla en aquel momento, y Peter dijo que nunca había visto a tantos.

—¿Quién es el capitán ahora?

—Garfio —respondió Peter, poniéndose muy serio mientras pronunciaba aquella odiosa palabra.

—¿Jas Garfio?

—El mismo.

Y en ese preciso instante Michael empezó a llorar, e incluso John no podía más que hablar a trompicones, pues conocían muy bien la reputación de Garfio.

Fue el contramaestre de Barbanegra —susurró John con voz ronca. Es el peor de todos los piratas. Es el único hombre a quien temía Barbacoa.

—Ése es él —dijo Peter.

—¿Y qué aspecto tiene? ¿Es grande?

—No tanto como antes.

—¿Qué quieres decir?

—Le corté un pedazo.

—¡Tú!

—Sí, yo —dijo Peter secamente.

—No pretendía ofenderte.

—Está bien, no pasa nada.

—Pero, dime, ¿qué trozo?

—Su mano derecha.

—Entonces, ¿ya no puede luchar?

—¡Oh, sí, claro que puede!

—¿Es zurdo?

—En vez de mano derecha, tiene un garfio de hierro, y desgarra con él.

—¡Desgarra!

—Sí, John, exactamente —dijo Peter.

—Sí.

—Contesta «Sí, señor».

—Sí, señor.

—Hay una cosa —continuó Peter—, que todo chico bajo mi mando debe prometer, de manera que tú también debes hacerlo.

John empalideció.

—Es lo siguiente. Si nos encontramos con Garfio en plena batalla, debes dejármelo a mí.

—Lo prometo— dijo John con lealtad.

En aquel momento sintieron que todo era menos fantasmagórico, ya que Campanilla estaba volando con ellos, y bajo su luz podían verse los unos a los otros. Desgraciadamente, ella no podía volar tan despacio como ellos, de modo que tenía que dar vueltas y más vueltas en un círculo, en el que los niños se movían como rodeados por un halo. A Wendy le gustaba mucho, hasta que Peter señaló las desventajas de volar así.

—Campanilla me dice —dijo Peter— que los piratas nos vieron antes de que oscureciera, y que han sacado a Tom el Largo.

—¿El gran cañón?

—Sí. Seguro que pueden ver su luz, y si adivinan que estamos a su lado nos dispararán.

—¡Wendy!

—¡John!

—¡Michael!

—Dile que se vaya inmediatamente, Peter —gritaron los tres al mismo tiempo. Pero él se negó.

—Cree que hemos perdido el rumbo —contestó fríamente—, y está muy asustada. ¡No creeréis que le diría que se fuera sola cuando está asustada!

Por un momento se quebró el círculo de luz, y algo dio a Peter un pellizquito cariñoso.

—Entonces dile —le rogó Wendy— que apague su luz.

—No puede apagarla. Es una de las pocas cosas que las hadas no pueden hacer. Sólo se apaga cuando se duerme, igual que ocurre con las estrellas.

—Entonces dile que se duerma ahora mismo —dijo John, casi ordenándolo.

—Sólo puede dormirse cuando tiene sueño. Es la otra cosa que las hadas no pueden hacer.

—Pues a mí me parece —gruñó John— que son las únicas dos cosas que vale la pena hacer.

Y al decir esto recibió un pellizco, pero no cariñoso.

—Si alguno de nosotros tuviera un bolsillo —dijo Peter— podríamos llevarla en él. Sin embargo, se habían ido con tanta prisa que ninguno de los cuatro tenía bolsillos.

Entonces Peter tuvo una buena idea. ¡El sombrero de John!

Campanilla accedió a viajar en sombrero si alguien lo llevaba en la mano. John lo llevó, aunque a ella le hubiera gustado que lo hiciera Peter. Al poco rato, Wendy tomó el sombrero, ya que John decía que chocaba contra su rodilla mientras volaba. Pero esto, como se verá más tarde, traería problemas, pues Campanilla odiaba estar en deuda con Wendy.

La lucecilla quedó oculta en la chistera negra, y los niños continuaron volando en silencio. Era el silencio más quieto que jamás habían presenciado y sólo una vez fue interrumpido por el sonido de unos lengüetazos, que, según Peter, eran producidos por los animales salvajes al beber en el vado. Más tarde, oye-ron un ruido áspero que podrían haber sido las ramas de los árboles cuando rozan unas con otras, pero Peter dijo que eran los pieles rojas afilando sus cuchillos.

No obstante, estos ruidos cesaron. A Michael la soledad le producía terror.

—¡Ojalá algo hiciera ruido! —gritó.

Y, como respondiendo a su deseo, la más tremenda explosión jamás oída desgarró el aire. Los piratas habían disparado a Tom el Largo contra ellos.

Su estruendo halló eco en las montañas, y éste parecía gritar de modo salvaje: «¿Dónde están, dónde están, dónde están?»

Fue de este modo tan brusco como los tres muchachos aterrorizados aprendieron la diferencia entre una isla imaginaria y la misma isla hecha realidad.

Cuando por fin los cielos volvieron a calmarse, John y Michael se encontraron solos en la oscuridad. John estaba pisoteando mecánicamente el aire, y Michael, sin saber cómo flotar, flotaba.

—¿Te han tocado? —susurró John temblando.

—Todavía no lo he comprobado —susurró a su vez Michael.

Ahora sabemos que no hirieron a nadie. Sin embargo, el viento producido por el disparo condujo a Peter muy lejos, a alta mar, mientras que Wendy fue lanzada hacia arriba con sólo Campanilla por compañera.

Wendy, en aquel momento, hubiera tenido que dejar caer el sombrero.

No sé si la idea se le ocurrió de pronto a Campanilla o si ya la había planeado por el camino. El caso es que tiró del sombrero y empezó a atraer a Wendy hacia su destrucción.

Campanilla no era del todo mala, puesto que en ocasiones poseía gran bondad, sin embargo, en ese momento se comporto con gran maldad. Las hadas tienen que ser buenas o malas, puesto que son tan pequeñas que, desgraciadamente, sólo tienen espacio para un único sentimiento. No obstante, se les permite cambiar, pero el cambio debe ser total. En ese momento sentía celos de Wendy. Lo que decía en su tintineo no era comprensible para Wendy y, aunque yo creo que en parte eran palabrotas, su sonido era dulce. Además, Campanilla volaba adelante y atrás, lo cual quería decir, simplemente, «Sígueme y todo irá bien».

¿Y qué otra cosa podía hacer la pobre Wendy? Llamó a Peter, a John y a Michael, y como respuesta sólo obtuvo un eco burlón. Todavía no sabía que Campanilla la odiaba con el intenso odio que sólo siente una mujer de verdad. Y, como estaba desconcertada y tropezaba en su vuelo, siguió a Campanilla hasta su propia perdición.

CAPÍTULO 5

La isla se hace realidad

Al sentir que Peter Pan se hallaba de regreso, el país de Nunca Jamás revivió nuevamente. Tendríamos que haber empleado la forma del pluscuamperfecto y decir que había revivido; no obstante, es mejor revivió, puesto que es la forma utilizada por Peter.

Mientras está ausente, la vida en la isla suele transcurrir tranquilamente. Las hadas se toman una hora más por las mañanas, los animales atienden a sus crías, los pieles rojas comen hasta hartarse durante seis días y seis noches, y cuando los piratas y los niños perdidos se encuentran, simplemente se hacen muecas de burla. Pero cuando llega Peter, que odia la pasividad, se ponen de nuevo en marcha: si pegarais la oreja al suelo ahora, escucharíais a la isla entera bullendo de vida.

Esa tarde, las fuerzas principales de la isla estaban dispuestas del siguiente modo. Los niños perdidos estaban buscando a Peter, los piratas estaban buscando a los niños, los pieles rojas estaban buscando a los piratas, y los animales estaban buscando a los pieles rojas. Iban dando vueltas y vueltas a la isla, pero nunca se encontraban, ya que todos seguían el mismo paso.

Todos querían sangre, excepto los niños, a quienes normalmente les gustaba, pero en esa ocasión habían salido a recibir a su capitán. Naturalmente, el número de niños en la isla varía según los van matando y cosas por el estilo. Además, cuando parece que están creciendo, lo cual va en contra de las normas, Peter los reduce. No obstante, esta vez eran seis, si se cuenta a los gemelos como dos. Vamos a imaginar que nos tumbamos entre las cañas de azúcar y los observamos mientras pasan en fila india, cada uno de ellos con la mano en su cuchillo.

Peter les tiene totalmente prohibido que se parezcan a él, de manera que visten con pieles de oso que ellos mismos han matado, dentro de las cuales parecen tan regordetes y peludos que cuando se caen ruedan cuesta abajo. Por eso han aprendido a caminar con un paso muy firme.

El primero en pasar es Tootles, que, aunque no es el menos valiente, sí el más desafortunado de toda la gallarda banda. Ha participado en menos aventuras que cualquiera de los demás muchachos, ya que las cosas importantes siempre sucedían justo cuando él doblaba la esquina. Cuando todo estaba tranquilo, aprovechaba la oportunidad para ir a buscar unas cuantas ramas para encender una hoguera, y, al regresar, los otros ya estaban limpiando la sangre. Esta mala suerte había imprimido en su rostro una suave melancolía, pero en lugar de amargar su carácter lo había dulcificado, de modo que era el más humilde de los chicos. Pobre y bondadoso Tootles, en el aire se respira el peligro que te espera esta noche. Ten cuidado, no sea que se te ofrezca una aventura, la cual, si la aceptas, te sumirá en el más profundo lamento. Tootles, el hada Campanilla, que esta noche se siente atraída por la maldad, anda en busca de un instrumento, y cree que tú eres el niño que se deja engañar más fácilmente. ¡Ten cuidado con Campanilla!

¡Ojalá pudiera oírnos! Pero nosotros no estamos en la isla, y él pasa de largo mordiéndose los nudillos.

Luego viene Nibs, alegre y desenvuelto, seguido por Slightly, que corta silbatos de los árboles y baila extasiado mientras canta sus propias melodías. Slightly es el más engreído de los chicos. Cree que recuerda los días antes de perderse, con sus costumbres y modales, lo que ha dado a su nariz un ofensiva inclinación. Curly es el cuarto. Es un pillo y se ha visto obligado a entregarse en tantas ocasiones cuando Peter anunciaba muy serio: «Que dé un paso al frente quien haya hecho esto», que ahora siempre da un paso adelante automáticamente al oír la orden tanto si lo ha hecho como si no. Por último están los gemelos, que son imposibles de distinguir, ya que describiríamos al que no es. Como Peter nunca supo muy bien qué eran gemelos, y a su banda no se le permitía saber nada que no supiera el jefe, estos dos siempre se mostraban de forma ambigua al hablar de sí mismos, de modo que hacían cuanto podían por satisfacer y mantenerse muy juntos como pidiendo perdón.

Los niños desaparecieron en la oscuridad, y después una pausa no demasiado larga, ya que las cosas pasan con gran rapidez en la isla, aparecieron los piratas tras sus huellas. Siempre los oímos cantar la misma canción antes de dejarse ver:

> ¡Soltad amarras ¡jo, jo!, ¡virad, virad!
>
> pues vamos a piratear
>
> y si nos parte un disparo
>
> abajo nos hemos de encontrar!

Jamás colgó en hilera en el muelle de las ejecuciones un grupo tan malvado. Un poco adelantado, con su cabeza una y otra vez pegada al suelo para escuchar, con sus grandes brazos desnudos y piezas de a ocho adornando sus orejas, se encuentra el guapo italiano Cecco, que dibujó su nombre con letras de sangre en la espalda del gobernador de la prisión de Gao. Aquel negro gigante detrás de él ha tenido muchos nombres desde que abandonó aquel con el que las madres morenas aterrorizan a sus hijos en las orillas de Guadjo-mo. Y aquí está Bill Jukes, con todos los poros de su cuerpo cubiertos de tatuajes, el mismo Bill Jukes a quien Flint, del *Walrus*, dio seis docenas de latigazos antes de que soltara la bolsa con los *moidores*. Y Cookson, de quien se dice que es el hermano de Murphy el Negro (aunque nunca se comprobó). Y el caballero Starkey, que una vez fue ujier en una escuela privada y todavía conserva su delicada forma de matar. Y Cla-

raboyas (Claraboyas de Morgan). Y el contramaestre irlandés Smee, un extraño y genial hombre que mataba a puñaladas, por decirlo de alguna manera, sin ofender, y fue el único disidente en la tripulación de Garfio. Y Noodler, cuyas manos estaban del revés. Y Robt, Mullins y Alf Mason, además de otros muchos rufianes famosos y temidos en el Caribe.

En medio de todos, iba reclinado James Garfio, el más negro y grande de este oscuro escenario, o tal como escribía él su nombre, Jas. De Garfio se dice que era el único hombre a quien temía el Cocinero. Descansaba a sus anchas en un basto carruaje tirado y empujado por sus hombres, y en lugar de mano derecha tenía el garfio de hierro con el que de vez en cuando les animaba a apretar el paso. Este hombre terrible trataba a sus hombres y se dirigía a ellos como perros, y como perros le obedecían. En persona resultaba cadavérico y ennegrecido; llevaba el cabello arreglado en largos rizos, que a poca distancia parecían velas negras y daban a su hermoso rostro una expresión particularmente amenazadora. Sus ojos eran del azul de los nomeolvides, y estaban llenos de melancolía, salvo cuando clavaba su garfio, momento en que aparecían en ellos dos puntos rojos que los iluminaban de un modo horrible. En sus modales podía encontrarse aún un rastro de gran señor, de modo que podía destrozarte con distinción, e incluso me han dicho que tenía una buena reputación como narrador. Jamás era tan siniestro como cuando se mostraba cortés, lo cual indica, probablemente, su educación y la elegancia de su dicción incluso cuando maldecía. Su distinguido comportamiento demostraba que pertenecía a una clase diferente a la de su tripulación. Hombre de valor indomable, se decía que la única cosa ante la que se asustaba era la visión de su propia sangre, que era espesa y de un color inusual. En el vestir imitaba, en cierto modo, el atuendo relacionado con el nombre de Carlos II, pues en el pasado había oído decir que guardaba una extraña semejanza con los desventurados Estuardo. Y en su boca llevaba un artilugio construido por él mismo que le permitía fumar dos puros al mismo tiempo. Pero, sin duda, la parte más funesta de él era su garra de hierro.

Matemos ahora a un pirata para ilustrar el método empleado por Garfio. Claraboyas servirá. Al pasar los piratas, Claraboyas da un torpe bandazo contra Garfio y arruga su cuello de encaje. Entonces el garfio sale disparado hacia delante, se oye un desgarro y un chillido, se aparta el cuerpo de una patada y los piratas siguen su camino. Y ni siquiera se ha despojado de los puros.

Así es el terrible hombre contra quien está enfrentado Peter. ¿Cuál de ellos vencerá?

Tras las huellas de los piratas, avanzando sigilosamente por el sendero de la guerra, que es incapaz de advertir la mirada inexperta, vienen los pieles rojas, todos y cada uno de ellos ojo avizor. Llevan hachas y cuchillos, y sus cuerpos desnudos brillan, pues han sido untados con pinturas y aceite. Colgadas alrededor de sus cuerpos se pueden ver cabelleras de niños y de piratas, ya que son indios de la tribu piccaninny, y no pueden confundirse con los delawares, que son más tiernos de corazón, ni con los hurones. Al frente y a cuatro patas se encuentra Gran Pequeña Pantera, un valiente con tantas cabelleras que en su actual posición casi le impiden avanzar. Cerrando la marcha, el lugar de mayor peligro, está Tigridia, orgullosamente erguida, una princesa por derecho propio. Es la más hermosa de las Dianas morenas y la más bella de los piccaninnis, coqueta, fría y cariñosa por turnos; no hay ninguno de estos valientes que no quiera a esta caprichosa criatura por esposa, pero ella evita el altar con una hachuela. Observad cómo caminan por encima de las ramitas caídas de los árboles sin hacer el menor ruido. El único sonido que se oye es su respiración algo pesada. El caso es que ahora han engordado todos después del atracón que se han dado, pero con el tiempo volverán a adelgazarse. De momento, sin embargo, esto constituye su principal peligro.

Los pieles rojas desaparecen igual que han aparecido, como sombras, y los animales enseguida ocupan su lugar formando una procesión enorme y variopinta: leones, tigres, osos y las incontables bestias salvajes más pequeñas que huyen de ellos, pues cada especie de animal, y, en concreto, las devoradoras de hombres, viven unas junto a otras en esta isla tan favorecida. Ahora llevan las lenguas colgando, ya que esta noche se sienten hambrientos. Una vez han pasado, llega el último de los personajes: un cocodrilo hembra gigante. Pronto veremos a quién busca.

El cocodrilo pasa, aunque pronto aparecen de nuevo los chicos, ya que la procesión debe continuar hasta que uno de los grupos se pare o varíe su paso. Y en ese momento se abalanzarán unos sobre los otros. Todos mantienen la mirada al frente, pero ninguno sospecha que el peligro podría acercarse por detrás. Esto muestra lo real que era la isla.

Los primeros en salirse del círculo en movimiento fueron los niños. Se echaron sobre la hierba cerca de su casa subterránea.

—Me gustaría que Peter regresara —decía cada uno de ellos en un tono nervioso, aunque en altura y, sobre todo, en anchura eran todos mayores que su capitán.

—Yo soy el único que no teme a los piratas —dijo Slightly, en un tono que hacía que no fuera el preferido de nadie, aunque quizás se sintió perturbado por un sonido lejano, pues añadió apresuradamente: pero me gustaría que volviera y nos contara si ha escuchado algo más sobre Cenicienta.

Hablaron sobre Cenicienta. Tootles estaba seguro de que su madre se había parecido mucho a ella. Solamente podían hablar de madres cuando Peter se ausentaba, pues era un tema que él había prohibido porque lo consideraba tonto.

—Todo lo que recuerdo sobre mi madre —dijo Nibs—, es que solía decirle a mi padre: «¡Ojalá tuviera un talonario propio!». No sé lo que es un talonario, pero me hubiera encantado darle uno a mi madre.

Mientras hablaban oyeron un ruido lejano. Vosotros o yo, al no ser criaturas de los bosques, no habríamos oído nada, pero ellos oyeron esta funesta canción:

¡Jo, jo! ¡La vida del pirata es de primera,
con dos tibias y una calavera en la bandera,
una hora feliz y una soga de cáñamo,
y viva Davy Jones que nos da ánimo!

Volvamos con los niños perdidos... Pero, ¿dónde están? Ya no están aquí. Ni los conejos hubieran desaparecido tan rápidamente.

Os diré dónde están. Salvo Nibs, que ha salido disparado como una flecha para explorar, ya están en su casa subterránea, una deliciosa residencia que muy pronto conoceremos. ¿Pero cómo han llegado hasta ella? No se ve ninguna entrada, nada parecido a una enorme piedra que, al deslizarse, podría dejar al descubierto la boca de una cueva. Sin embargo, si os fijáis con mayor atención, veréis que hay siete grandes árboles, cada uno con un agujero tan grande como un niño en su tronco hueco. Éstas son las siete entradas a la casa subterránea que Garfio ha estado buscando en vano durante muchas lunas pasadas. ¿Las encontrará esta noche?

A medida que avanzan los piratas, el rápido ojo de Starkey ha avistado cómo Nibs desaparece a través del bosque, y, al instante, ha podido ver cómo su pistola brillaba en el aire. No obstante, una zarpa de hierro agarra su hombro.

—¡Suélteme, capitán! —gritó Starkey retorciéndose.

Y entonces, por primera vez, oímos la voz de Garfio. Era una voz negra.

—Primero vuelve a guardar esa pistola —dijo la voz en tono amenazador.

—Era uno de esos chicos que odia. Podría haberlo matado de un tiro.

—Sí, y el ruido hubiera atraído a los pieles rojas de Tigridia. ¿Quieres perder tu cabellera?

—¿Voy tras él, capitán —preguntó el patético Smee— y le hago cosquillas con Johnny Sacacorchos?

Smee tenía nombres agradables para todo. Así, su sable se llamaba Johnny Sacacorchos porque lo retorcía en la herida. Podrían mencionarse muchos rasgos adorables de Smee, como, por ejemplo, que después de matar no limpiaba su arma, sino sus gafas.

—Johnny es un tipo silencioso —le recordó a Garfio.

—Ahora no, Smee —dijo Garfio con voz de misterio. Sólo es uno, y yo quiero lastimar a los siete. Dispersaros y buscadlos.

Los piratas desaparecieron entre los árboles, y, en un instante, su capitán y Smee se quedaron solos. Garfio dejó escapar un profundo suspiro. No sé por qué lo hizo, quizás fue por la suave belleza de la tarde, pero sintió un gran deseo de confiar a su leal contramaestre la historia de su vida. Habló larga y francamente, pero Smee, que era bastante estúpido, no tenía la menor idea de qué le estaba contando.

Al poco rato pilló la palabra Peter.

—Por encima de todos —estaba diciendo Garfio apasionadamente—, quiero a su capitán, Peter Pan. Ése fue el que me cortó la mano. Y al decir esto agitó su garfio amenazadoramente.

—He esperado mucho tiempo para estrechar su mano con esto. ¡Ah, cómo lo destrozaré!

—Y sin embargo —dijo Smee—, le he oído con frecuencia decir que ese garfio vale más que una veintena de manos para peinarse, además de para otros usos domésticos.

—Sí —respondió el capitán—, si fuera una madre rezaría para que mis hijos nacieran con esto en lugar de eso. Y lanzó una mirada de orgullo a su mano de hierro y una de desprecio a la otra. Después frunció de nuevo el ceño.

—Peter echó mi brazo —dijo con gesto de dolor— a un cocodrilo que pasaba por allí.

—Con frecuencia he notado —dijo Smee— su extraño temor a los cocodrilos.

—No a los cocodrilos —le corrigió Garfio—, sino a ese cocodrilo. Bajó la voz.

—Le gustó tanto mi brazo, Smee, que me ha seguido desde entonces, de mar en mar y de tierra en tierra, relamiéndose por lo que queda de mí.

—En cierto modo —dijo Smee—, es una especie de cumplido.

—No quiero cumplidos de esa clase —le espetó Garfio de mal humor. Quiero a Peter Pan, que fue quien hizo que la bestia quiera comerme.

Tras sentarse sobre una gran seta, su voz mostraba cierto temblor.

—Smee —dijo roncamente—, ese cocodrilo ya me habría atrapado antes, pero por una afortunada casualidad se tragó un reloj que sigue haciendo tictac en su interior, de

manera que antes de que pueda alcanzarme, oigo el tic y salgo disparado. Y al decir esto se rió, pero su risa era apagada.

—Algún día —dijo Smee— el reloj se parará y entonces lo atrapará.

Garfio humedeció sus labios secos.

—Sí —dijo—, ése es el temor que me obsesiona.

Desde que se había sentado, sintió un curioso calor.

—Smee —dijo—, este asiento está caliente.

Y saltó.

—¿Pero qué diablos...? ¡Rayos y truenos, me estoy quemando!

Examinaron la seta, que era de un tamaño y una solidez desconocidos fuera de la isla. Trataron de arrancarla y se quedó en sus manos, pues no tenía raíz. Y lo que es más curioso, enseguida empezó a salir humo. Los piratas, sorprendidos, se miraron el uno al otro.

—¡Una chimenea! —exclamaron los dos.

Efectivamente, habían descubierto la chimenea de la casa subterránea. Los chicos tenían por costumbre taparla con una seta cuando creían que había enemigos en los alrededores.

Pero no sólo salía humo de allí; también se oían voces de niños, pues los chicos se sentían tan seguros en su escondite que estaban charlando animadamente. Los piratas escucharon con atención, y luego volvieron a colocar la seta en su lugar. Miraron a su alrededor y vieron los agujeros en los siete árboles.

—¿Oyó cómo decían que Peter Pan está fuera de casa? —susurró Smee, jugueteando con Johnny Sacacorchos.

Garfio asintió con la cabeza. Durante largo rato permaneció absorto en sus pensamientos, y, por fin, una sonrisa helada iluminó su rostro moreno. Smee había estado esperando esto.

—Desvele su plan, capitán —gritó lleno de impaciencia.

—Regresar al barco —replicó Garfio despacio a través de sus dientes— y cocinar un enorme y pesado pastel con azúcar verde por encima. No puede haber más que una habitación abajo, pues sólo tienen una chimenea. Esos estúpidos topos no han tenido la inteligencia para ver que no necesitan una puerta por cabeza. Eso demuestra que no tienen madre. Dejaremos el pastel en la orilla de la Laguna de las Sirenas. Estos chicos siempre están nadando por allí, jugando con las sirenas. Encontrarán el pastel y se lo zamparán porque, como no tienen madre, no saben lo peligroso que es comer un pastel húmedo y pesado.

Estalló en carcajadas, pero ahora no era una risa apagada, sino una risa de verdad.

—Ja, ja, morirán.

Smee estaba escuchando cada vez con mayor admiración.

—¡Es el plan más malvado y hermoso que jamás he escuchado! —gritó, y, entusiasmados, bailaron y cantaron:

> ¡Parad! ¡Amarrad! Cuando yo aparezco
> el miedo se apodera de ellos.
> Nada os queda en los huesos
> si con mi garfio la mano os estrecho.

Empezaron la estrofa pero nunca la acabaron, ya que se oyó otro sonido que los hizo callar. Al principio era un sonido tan insignificante que si una hoja hubiera caído sobre él lo hubiera silenciado, pero a medida que se acercaba podía oírse mejor.

¡Tictac, tictac!

Garfio se detuvo temblando, con un pie en el aire.

—¡El cocodrilo! —jadeó, y se fue dando saltos, seguido por su contramaestre.

Efectivamente, era el cocodrilo. Había adelantado a los pieles rojas, que se hallaban ahora sobre la pista de los otros piratas. Continuó deslizándose en busca de Garfio.

Una vez más, los chicos salieron al aire libre, pero los peligros de la noche no habían terminado, pues al cabo de un rato apareció Nibs corriendo perseguido por una manada de lobos. Los perseguidores llevaban la lengua fuera, y sus aullidos eran horribles.

—¡Salvadme, salvadme! —gritó Nibs mientras caía al suelo.

—¿Pero qué podemos hacer, qué podemos hacer?

Para Peter fue todo un cumplido que en aquella situación desesperada sus pensamientos se dirigieran a él.

—¿Qué haría Peter? —exclamaron simultáneamente.

Y casi al mismo tiempo gritaron: «¡Peter los miraría a través de sus piernas!».

Y luego: «Hagamos lo que haría Peter».

Como se trata del modo más eficaz de desafiar a los lobos, como si fueran un solo chico, se inclinaron y miraron a través de sus piernas. El momento siguiente fue el que se

hizo más largo, aunque, de hecho, rápidamente llegó la victoria, pues a medida que los muchachos avanzaban hacia ellos en esa postura, los lobos bajaron sus rabos y huyeron.

Entonces Nibs se levantó del suelo, y los otros pensaron que sus ojos, que se habían quedado fijos en un punto, aún veían a los lobos. Sin embargo, no eran lobos lo que vio.

—He visto la cosa más maravillosa —exclamó, mientras se agrupaban a su alrededor ansiosos. Un gran pájaro blanco. Vuela en esta dirección.

—¿Qué clase de pájaro dirías que es?

—No lo sé —dijo Nibs atemorizado—, pero parece muy cansado, y mientras vuela gime: «Pobre Wendy».

—¿Pobre Wendy?

—Recuerdo —dijo al instante Slightly— que hay unos pájaros que se llaman Wendy.

—¡Mirad, ahí viene! —gritó Curly señalando a Wendy, que estaba en el cielo.

Wendy estaba ya casi sobre sus cabezas, de modo que podían oír perfectamente su lastimero llanto. Pero aún podía oírse mejor la voz chillona de Campanilla. La celosa hada se había despojado de toda aparente amistad y se lanzaba contra su víctima desde todas las direcciones, pellizcándola brutalmente cada vez que la tocaba.

—Hola, Campanilla —exclamaron, mientras se preguntaban qué estaría haciendo.

La respuesta de Campanilla resonó en el aire:

—Peter quiere que disparéis a Wendy.

Los chicos no acostumbraban a cuestionarse las órdenes de Peter.

—¡Déjanos hacer lo que Peter desea! —gritaron los chicos. ¡Rápido, arcos y flechas!

Todos excepto Tootles bajaron de un salto de sus árboles. Él llevaba un arco y una flecha, y Campanilla lo vio y se frotó sus pequeñas manos.

—¡Rápido, Tootles, rápido! —chilló. Peter se pondrá muy contento.

Entusiasmado, Tootles colocó la flecha en su arco.

—Apártate, Campanilla —gritó, y luego disparó, de manera que Wendy cayó aleteando al suelo con una flecha en el pecho.

CAPÍTULO 6

La casita

l tonto de Tootles se hallaba de pie como un conquistador sobre el cuerpo de Wendy cuando los demás chicos dieron un salto, armados, fuera de sus árboles.

—Llegáis demasiado tarde —exclamó con orgullo. He disparado a Wendy. Peter estará muy satisfecho de mí.

En lo alto, Campanilla gritó: «¡Burro!», y se escondió. Los otros no la oyeron.

Se habían reunido alrededor de Wendy, y, mientras la miraban, un terrible silencio cayó sobre el bosque. Si el corazón de Wendy hubiera estado latiendo, lo podrían haber oído todos.

Slightly fue el primero en hablar.

—Esto no es un pájaro —dijo con voz asustadiza. Creo que debe de ser una dama.

—¿Una dama? —dijo Tootles, y sintió un temblor.

—Y la hemos matado —dijo Nibs con voz ronca.

Todos se quitaron sus sombreros.

—Ahora lo entiendo —dijo Curly. Peter nos la ha enviado. Y se lanzó al suelo lleno de pesar.

—Una dama para cuidarnos —dijo uno de los gemelos—, ¡y tú la has matado!

Lo sentían por él, pero aún más por ellos mismos, de manera que cuando Tootles dio un paso hacia ellos, le dieron la espalda.

La cara de Tootles estaba muy pálida, pero en esos momentos había una dignidad en él que nunca había existido.

—Lo hice —dijo, reflexionando. Cuando en mis sueños las damas venían hacia mí, yo decía: «Preciosa mamá, preciosa mamá». Pero cuando al fin llegó de verdad, la disparé. Se alejó lentamente.

—No te vayas —lo llamaron, llenos de compasión.

—Debo hacerlo —contestó, temblando—; tengo mucho miedo de Peter.

Fue en este trágico momento cuando oyeron un ruido que hizo que sus corazones saltaran a sus bocas. Oyeron graznar a Peter.

—¡Peter! —gritaron, pues él siempre anunciaba su llegada con un graznido.

—Escondedla —susurraron, y se apiñaron deprisa alrededor de Wendy. Pero Tootles permaneció alejado.

De nuevo se oyó el graznido anunciador, y Peter se dejó caer frente a ellos.

—Saludadme, chicos —exclamó. Ellos le saludaron, y de nuevo se hizo el silencio.

Él frunció el ceño.

—Ya estoy aquí —dijo acaloradamente—, ¿por qué no os alegráis?

Abrieron sus bocas, pero de ellas no salían gritos de alegría. Peter lo pasó por alto, pues tenía prisa por contarles las gloriosas nuevas.

—Grandes noticias, muchachos —gritó—, por fin os he traído una madre para todos.

Todavía no se oía ningún sonido, salvo un ruido que hizo Tootles al caer de rodillas.

—¿No la habéis visto? —preguntó Peter, preocupado—. Volaba en esta dirección.

—¡Ay de mí! —dijo una voz. Y otra dijo:

—¡Oh, qué día tan triste!

Tootles se levantó.

—Peter —dijo con calma—, yo te la enseñaré. Y mientras los otros querrían haber seguido escondiéndola, él dijo:

— Atrás, gemelos, dejad que Peter la vea.

Así que se retiraron todos y le dejaron verla, y después de haberla mirado durante un rato, no supo qué hacer.

—Está muerta —dijo muy molesto. A lo mejor le asusta estar muerta.

Pensó en irse corriendo cómicamente hasta perderla de vista y luego no acercarse nunca más a ese lugar. Todos le habrían seguido encantados si lo hubiera hecho.

Pero había una flecha. Se la arrancó del pecho y se encaró con su banda.

—¿De quién es esta flecha? —preguntó muy serio.

—Es mía, Peter —dijo Tootles de rodillas.

—¡Oh, mano ruin! —dijo Peter, y levantó la flecha para usarla como un puñal.

Tootles no se estremeció. Se descubrió el pecho.

—Clávamela, Peter —dijo con firmeza. Clávamela bien.

Peter levantó la flecha dos veces, y dos veces cayó su mano.

—No puedo clavártela —dijo asombrado—, hay algo que detiene mi mano.

Todos lo miraron maravillados, salvo Nibs, que por suerte miró a Wendy.

—¡Es ella —gritó—, la dama Wendy, mirad, su brazo!

Aunque pueda parecer imposible, Wendy alzó su mano. Nibs se inclinó sobre ella y escuchó reverentemente.

—Creo que ha dicho «Pobre Tootles» —susurró.

—Vive —dijo Peter.

Slightly gritó al momento: «La dama Wendy vive».

Entonces, Peter se arrodilló junto a ella y encontró su botón. Recordaréis que ella se lo había colgado en la cadena que llevaba alrededor del cuello.

—Mirad —dijo Peter— la flecha se clavó aquí. Es el beso que le di. Le ha salvado la vida.

—Recuerdo los besos —interrumpió Slightly—, déjame verlo. Sí, eso es un beso.

Peter no lo escuchó. Le estaba rogando a Wendy que se pusiera bien deprisa para que pudiera enseñarle las sirenas. Naturalmente, ella no podía contestar aún, pues estaba

todavía desmayada por el miedo; sin embargo, de las alturas llegó un lamento.

—Escuchad a Campanilla —dijo Curly—, está llorando porque Wendy vive.

Luego tuvieron que contarle a Peter el crimen de Campanilla. Casi nunca le habían visto tan serio.

—Escucha, Campanilla —gritó—, ya no soy tu amigo. Aléjate de mí para siempre.

Ella voló hasta su hombro y le suplicó, pero él la apartó de una sacudida. Y hasta que Wendy no levantó de nuevo su brazo, no se calmó lo suficiente como para decir:

—De acuerdo, no para siempre, pero sí durante una semana entera.

¿Creéis que Campanilla agradeció que Wendy levantara su brazo? ¡Oh, no, nada de eso! Jamás tuvo tantas ganas de pellizcarla. Las hadas son realmente extrañas, y Peter, que era quien mejor las comprendía, las pegaba con frecuencia.

Pero, ¿qué podía hacerse con Wendy en su delicado estado de salud?

—Vamos a llevarla a la casa —sugirió Curly.

—Sí —dijo Slightly—, eso es lo que se hace con las damas.

—No, no —dijo Peter—, no debéis tocarla. No sería suficientemente respetuoso.

—Eso —dijo Slightly—, era justo lo que estaba pensando.

—Pero si se queda ahí tumbada —dijo Tootles—, morirá.

—Sí, morirá —admitió Slightly—, pero no existe ninguna otra opción.

—Sí la hay —exclamó Peter. Construyamos una casita a su alrededor.

Todos parecieron encantados.

—Deprisa —les ordenó Peter—, que cada uno de vosotros me traiga lo mejor que tenemos. Vaciad nuestra casa. Sed rápidos.

En un momento, estuvieron tan ocupados como unos sastres la noche antes de una boda. Correteaban por aquí y por allá; abajo a buscar cosas para la cama; arriba a por leña, y mientras hacían esto aparecieron John y Michael. Mientras caminaban arrastrándose por el suelo se iban quedando dormidos de pie, se paraban, se despertaban, daban otro paso y se dormían otra vez.

—¡John, John —gritaba Michael—, despierta! ¿Dónde está Nana, John, y mamá?

Y entonces John se frotaba los ojos y murmuraba:

—Es verdad, volamos.

Podéis estar seguros de que se sintieron muy aliviados al encontrar a Peter.

—Hola, Peter —dijeron.

—Hola —replicó Peter amistosamente, aunque ya se había olvidado de ellos. En aquel momento estaba muy ocupado midiendo a Wendy con sus pies para ver cuán grande debía ser su casa. Por supuesto, había pensado dejar espacio para sillas y una mesa. John y Michael lo observaban.

—¿Está dormida Wendy? —preguntaron.

—Sí.

—John —propuso Michael—, despertémosla para que haga la cena. Pero mientras decía esto aparecieron algunos de los demás chicos llevando ramas para construir la casa.

—¡Míralos! —gritó.

—Curly —dijo Peter con su más auténtica voz de capitán—, asegúrate de que esos chicos ayudan a construir la casa.

—Sí, señor.

—¿Construir una casa? —exclamó John.

—Para Wendy —dijo Curly.

—¿Para Wendy? —dijo John horrorizado. ¿Por qué, si sólo es una chica?

—Por eso —explicó Curly— es por lo que somos sus criados.

—¿Vosotros? ¡Criados de Wendy!

—Sí —dijo Peter—, y vosotros también. Llevároslos.

Y se llevaron a rastras a los atónitos hermanos para cortar, tallar y cargar.

—Primero una silla y una valla —ordenó Peter. Luego construiremos una casa a su alrededor.

—Sí —dijo Slightly—, así es como se construye una casa; ahora lo recuerdo todo.

Peter pensaba en todo.

—Slightly —gritó—, trae una puerta.

—Sí, sí —dijo Slightly, y desapareció rascándose la cabeza. Pero sabía que había que obedecer a Peter, de manera que regresó en un minuto con el sombrero de John.

—Por favor, señor —dijo Peter, caminando hacia él— ¿es usted médico?

La diferencia entre él y los otros chicos en un momento como aquél era que ellos sabían que todo era fantasía, mientras que para Peter la fantasía y la realidad eran exactamente la misma cosa. Esto a veces les preocupaba, como cuando tenían que fingir que habían comido.

Si estropeaban la fantasía, Peter los golpeaba en los nudillos.

—Sí, mi hombrecillo —contestó ansioso Slightly, quien tenía los nudillos agrietados.

—Por favor, señor —explicó Peter— aquí descansa una dama muy enferma.

Estaba tumbada a su pies, pero Slightly tuvo la sensación de que no la veía.

—Vaya, vaya, vaya —dijo—, ¿dónde está echada?

—En aquel claro.

—Le pondré una cosa de cristal en la boca —dijo Slightly, y fingió hacerlo, mientras Peter esperaba. Cuando retiró la cosa de cristal hubo un momento de angustia.

—¿Cómo está? —preguntó Peter.

—Vaya, vaya, vaya —dijo Slightly—, esto la ha curado.

—¡Me alegro! —gritó Peter.

—Me pasaré de nuevo esta tarde —dijo Slightly. Dele caldo de ternera de una taza con un pitorro. Sin embargo, después de devolverle el sombrero a John, soltó unos grandes resoplidos, que era lo que solía hacer tras superar una dificultad.

Entre tanto, el bosque había cobrado vida con el ruido de las hachas, y casi todo lo necesario en un hogar acogedor estaba ya dispuesto a los pies de Wendy.

—Ojalá supiéramos —dijo uno— el tipo de casa que le gusta más.

—Peter —chilló otro—, se está moviendo en sueños.

—Se abre su boca —gritó un tercero, mirando dentro. ¡Es encantador!

—A lo mejor va a cantar en sueños —dijo Peter. Wendy, canta el tipo de casa que te gustaría tener.

E, inmediatamente, sin abrir los ojos, Wendy empezó a cantar:

> Ojalá tuviera una linda casita,
> la más pequeñita jamás vista,
> de bajos muros, rojos y divertidos,
> y el tejado verde de musgo tupido.

Al oír esto gorjearon de alegría, pues gracias a la mayor de las fortunas las ramas que habían traído estaban pegajosas por la savia roja, y el suelo entero estaba cubierto de musgo. Mientras repiqueteaban montando la casita, ellos mismos se pusieron a cantar:

Las paredes y el tejado acabamos de alzar.
Y hemos hecho una puerta que te va a encantar,
así que, madre Wendy, dinos ya,
¿hay algo más que puedas desear?

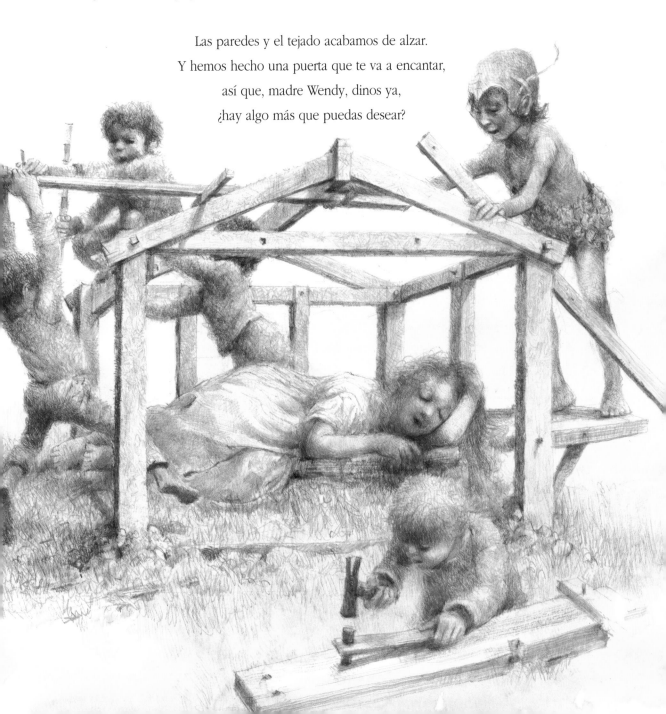

A esto, ella contestó con avaricia:

Oh, ahora de verdad lo que quisiera
son alegres ventanas por todo cuanto veo,
con rosas asomando, ya sabéis, hacia dentro
y bebés asomando hacia fuera.

Abrieron las ventanas a puñetazos, y las cortinas se confeccionaron con grandes hojas amarillas. ¿Pero rosas...?

—Rosas —dijo Peter muy serio.

Y rápidamente fingieron que las más bellas rosas crecían trepando por las paredes. ¿Bebés?

Para evitar que Peter ordenara bebés, se apresuraron a cantar de nuevo:

Las rosas para fuera puedes ver,
y en la puerta descansan los bebés,
a nosotros no nos podemos hacer
porque alguien nos hizo antes, ya ves.

Peter, al ver que era una buena idea, enseguida fingió que era suya. La casa era bastante hermosa, y no hay duda de que Wendy se sentía muy cómoda dentro, aunque, por supuesto, ya no era visible desde el exterior. Peter andaba dando zancadas arriba y abajo ordenando los últimos retoques. Nada escapaba a sus ojos de águila. Sólo cuando pareció absolutamente acabada dijo:

—La puerta no tiene aldaba.

Todos se sintieron avergonzados, pero Tootles ofreció la suela de su zapato, que resultó ser una aldaba excelente.

Ahora está completamente acabada, pensaron.

Pero ni mucho menos.

—No tiene chimenea —dijo John, dándose aires de importancia. Esto dio a Peter una idea. Le arrebató a John el sombrero de la cabeza, le quitó el fondo y colocó el sombrero sobre el tejado. La casita estaba tan contenta de tener una chimenea tan estupenda que, a modo de agradecimiento, inmediatamente empezó a salir humo del sombrero.

Ahora sí que estaba verdaderamente acabada. No quedaba nada más por hacer excepto llamar a la puerta.

—Arreglaos lo mejor que podáis —les advirtió Peter. Las primeras impresiones son importantísimas.

Se alegró de que nadie le preguntara qué eran las primeras impresiones. Todos estaban demasiado ocupados arreglándose lo mejor que podían.

Peter llamó a la puerta cortésmente, y el bosque estaba tan silencioso como los niños, pues no se oía ningún ruido, excepto el que hacía Campanilla, que los estaba mirando desde una rama burlándose sin disimulo.

Lo que los chicos se preguntaban era si alguien contestaría a la llamada. Y si era una dama, ¿qué aspecto tendría?

La puerta se abrió y salió una dama. Era Wendy. Todos se quitaron sus sombreros.

Ella parecía bastante sorprendida, aunque, de hecho, ellos esperaban que fuera precisamente así.

—¿Dónde estoy?

Naturalmente, fue Slightly el primero en intervenir.

—Dama Wendy —dijo rápidamente—, hemos construido esta casa para ti.

—Anda, di que te gusta —exclamó Nibs.

—Es una bonita y encantadora casa —dijo Wendy. Ésas eran las palabras precisas que ellos esperaban que dijera.

—Y nosotros somos tus niños —gritaron los gemelos.

Entonces, se pusieron todos de rodillas, y alargando los brazos gritaron:

—Oh, dama Wendy, sé nuestra madre.

—¿Debería? —dijo Wendy, resplandeciente. Por supuesto, es terriblemente fascinante, pero ya veis que sólo soy una niña pequeña. No tengo experiencia en la vida real.

—Eso no importa —dijo Peter, como si fuera la única persona presente que lo supiera todo acerca del tema, aunque, en realidad, era el que sabía menos. Lo que necesitamos es únicamente una persona amable y maternal.

—¡Oh, querido! —dijo Wendy. Verás, creo que eso es exactamente lo que soy.

—Lo es, lo es —gritaron todos—; lo supimos enseguida.

—Muy bien —dijo ella—, lo haré lo mejor que pueda. Entrad todos inmediatamente, niños traviesos; estoy segura de que vuestros pies están húmedos. Y antes de acostaros tengo el tiempo justo para acabar la historia de la Cenicienta.

Y entraron dentro. No sé cómo había espacio para todos, aunque lo cierto es que en el país de Nunca Jamás es posible apretujarse mucho. Y ésa fue la primera de las muchas felices noches que pasaron con Wendy. De vez en cuando los arropaba en la gran cama en la casa bajo los árboles, aunque ella misma durmió aquella noche en la casita. Peter se quedó fuera vigilando con la espada desenvainada, ya que los piratas podían oírse mientras estaban de juerga y los lobos andaban al acecho. La casita parecía muy acogedora y segura durante la oscuridad, con una luz brillante visible a través de las persianas de las ventanas, la chimenea echando un precioso humo, y Peter haciendo guardia. Al cabo de un rato se quedó dormido, y algunas hadas que se tambaleaban tuvieron que pasar por encima de él de camino a casa después de una juerga. A cualquiera de los otros chicos que hubiera obstruido el sendero de las hadas por la noche le hubieran hecho algo malo, pero a Peter sólo le pellizcaron la nariz y continuaron su marcha.

CAPÍTULO 7

La casa subterránea

Una de las primeras cosas que hizo Peter al día siguiente fue medir a Wendy, a John y a Michael para hacer unos árboles huecos. Garfio, tal y como recordaréis, se había burlado de los chicos por pensar que necesitaban un árbol por cabeza. No obstante eso indicaba su ignorancia, pues a menos que el árbol se ajuste a las medidas es difícil desplazarse arriba y abajo. Por otro lado, ninguno de los chicos tiene exactamente el mismo tamaño. Una vez encajan en el hueco, hay que tomar aire arriba, e ir hacia abajo siempre a la misma velocidad, mientras que para ascender es necesario tomar aire y expulsarlo alternativamente, para así avanzar serpenteando. Naturalmente, cuando ya se domina esta acción es posible hacer todo esto sin pensar en ello, de manera que nada resulta más elegante.

Simplemente se debe encajar, motivo por el que Peter toma medidas para el árbol de forma tan cuidadosa como si fuera para un traje: la única diferencia es que el traje se confecciona para encajar, mientras que el niño tiene que encajar en el árbol. Normalmente resulta muy fácil, pues simplemente se soluciona poniéndose muchas prendas o muy pocas, pero si se está rellenito en lugares difíciles o el único árbol disponible tiene una forma rara, Peter hace ciertos arreglos para que los niños quepan. Una vez encajan, hay que tener mucho cuidado en continuar encajando, y esto, tal y como Wendy iba a descubrir para deleite suyo, mantiene a toda una familia en perfectas condiciones.

Wendy y Michael encajaron en sus árboles a la primera, pero John tuvo que cambiarse un poco.

Tras unos días de práctica podrían subir y bajar tan alegremente como cubos de agua en un pozo. Y cuánto llegaron a amar su casa subterránea, ¡especialmente Wendy! Consistía en una habitación grande, tal y como deberían ser todas las casas, con un suelo en el que se podía cavar si se deseaba ir a pescar. En él crecían robustas setas de bonitos colores que se usaban como taburetes. Un árbol del país de Nunca Jamás intentaba con todas sus ganas crecer en el centro de la habitación, pero todas las mañanas serraban su tronco a ras de suelo. A la hora del té siempre medía algo más de medio metro de altura, y entonces aprovechaban para colocar una puerta encima y formar una mesa. Tan pronto como quitaban la mesa, serraban el tronco otra vez para que hubiera más espacio para jugar. Había una chimenea enorme que podía estar casi en cualquier parte de la habitación donde se quería encender. Encima, Wendy tendió unas cuerdas de fibra, en las que colgaba la colada. La cama se apoyaba contra la pared de día, y a las 18:30 se bajaba, momento en que ocupaba casi la mitad de la habitación. Todos los chicos excepto Michael se acostaban dentro, tumbados como sardinas. Había una estricta regla que prohibía darse la vuelta hasta que uno diera la señal, momento en que se volvían todos. Michael debería haberla usado también, pero como Wendy quería tener un bebé, y él era el más pequeño, y ya sabéis cómo son las mujeres, dormía colgado de una cesta.

Era tosca y sencilla, no muy diferente de lo que unos bebés osos hubieran hecho de una casa subterránea en las mismas circunstancias. Sin embargo, había un pequeño hueco en la pared, no más grande que la jaula de un pájaro, que era el aposento privado de Campanilla. Podía aislarse del resto de la casa con una cortinilla, que, al ser Campanilla muy maniática, siempre mantenía corrida cuando se vestía o desvestía. Ninguna otra mujer, por muy grande que fuera, hubiera tenido una combinación más exquisita de tocador y dormitorio. El diván, como ella lo llamaba siempre, era un auténtico reina Mab de patas con forma de basto, y cambiaba las colchas según las flores de la temporada. Su es-

pejo era un Gato con Botas, de los que actualmente sólo quedan tres, según los anticuarios del mundo de las hadas; el lavabo estaba construido con masa de pastel y era reversible; la cómoda, un auténtico Encantador VI, y la alfombra y los tapetes eran los mejores (de principios) de la época de Margarita y Robin. Tenía una lámpara de araña que parecía de la casa Juego de la pulga, aunque, naturalmente, ella misma iluminaba la residencia. Campanilla miraba con mucho desprecio el resto de la casa, algo quizás inevitable, y su aposento, aunque era bonito, tenía un aire muy presuntuoso y el aspecto de una nariz siempre altiva.

Supongo que todo resultaba especialmente fascinante para Wendy, ya que esos atolondrados chicos le daban mucho que hacer. En realidad, había semanas enteras en las que nunca subía a la superficie, excepto quizás cuando zurcía unos calcetines al anochecer. La comida, os lo puedo asegurar, la tenía con la nariz pegada a la cacerola. Incluso si no había nada dentro, o si no había tal cacerola, tenía que quedarse mirando por si lo que iba a cocinar hervía. Nunca se sabía si la comida iba a ser real o sólo ficticia; todo dependía del capricho de Peter Pan: él podía comer, comer de verdad, si era parte de un juego, pero no podía atiborrarse, que es lo que les gustaba más que cualquier otra cosa a la mayoría de los niños. También le gustaba mucho hablar de eso. La fantasía era tan real para Peter que durante una comida fingida era posible ver cómo se iba llenando. Por supuesto era duro, pero simplemente con hacer lo que él hacía, y demostrar que se estaba demasiado delgado para encajar en el árbol, era posible atiborrarse.

A Wendy le encantaba coser y zurcir después de que se hubieran acostado todos. Entonces, tal y como decía, tenía tiempo para respirar, de manera que lo empleaba en hacer cosas nuevas para los chicos, como ponerles rodilleras, pues todos desgastaban enseguida la zona de las rodillas.

Cuando se sentaba ante una cesta con los calcetines, cada uno de ellos con un agujero en el talón, alzaba los brazos y exclamaba: «¡Oh, Dios mío, a veces pienso que las mujeres solteras son de envidiar!». Entonces su cara brillaba.

Os acordaréis de su lobo mascota. Pues bien, enseguida descubrió que cuando llegó a la isla la encontró, de manera que uno corrió a los brazos del otro. Después, la seguía a todas partes.

A medida que transcurría el tiempo, ¿pensaba Wendy mucho en los queridos padres que había dejado atrás? Se trata de una pregunta difícil, ya que es casi imposible definir el transcurso del tiempo en Nunca Jamás, donde se calcula por lunas y soles, aunque hay muchos más que en el continente, fuera de la isla. Pero me temo que Wendy no se preocupaba por su padre y su madre; estaba absolutamente segura de que siempre dejarían la ventana abierta para que ella regresara volando, y esto la tranquilizaba totalmente. Lo que sí la perturbaba alguna vez era que John sólo se acordaba vagamente de sus padres, como gente que conoció en el pasado, mientras que Michael deseaba creer que ella era realmente su madre. Estas cosas la asustaban un poco, y como sentía un noble deseo de cumplir con su deber, trató de fijar la vida pasada en sus mentes haciendo exámenes, tan parecidos como le era posible a los que ella solía realizar en la escuela. Los demás chicos pensaban que esto era muy interesante, de manera que insistían en participar, y elaboraban pizarras y se sentaban alrededor de la mesa, escribiendo y reflexionando mucho acerca de las preguntas que ella había escrito en otra pizarra que les había dado para que se la fueran pasando. Eran preguntas de lo más corriente: «¿De qué color eran los ojos de mamá? ¿Quién era más alto, papá o mamá? ¿Mamá era rubia o morena? Responde las tres preguntas si es posible.» (A) Escribe una redacción de no menos de 40 palabras sobre «Qué hice en mis vacaciones» o «Comparación de los caracteres de papá y mamá». Sólo debe hacerse una de las dos. O « (1) Describe la risa de mamá; (2) Describe la risa de papá; (3) Describe el vestido de noche de mamá; (4) Describe la perrera y a su ocupante».

Eran simples preguntas cotidianas que cuando no se podían responder se tenía que marcar una cruz. John marcaba muchísimas cruces. Naturalmente, el único chico que contestaba a todas las preguntas era Slightly. Aunque él deseaba con todas sus fuerzas quedar el primero, sus respuestas eran totalmente ridículas, de modo que quedaba el último. ¡Qué cosa tan patética!

Peter no participaba. En primer lugar, porque despreciaba a todas las madres excepto a Wendy, y, en segundo lugar, porque era el único chico de la isla que no sabía leer ni escribir, ni siquiera la palabra más pequeña conocida. Estaba por encima de ese tipo de cosas.

Por cierto, todas las preguntas estaban escritas en pasado. De qué color eran los ojos de mamá, y cosas por el estilo. Y es que, veréis, Wendy también había olvidado ciertas cosas.

Las aventuras, por supuesto, tal y como veremos, ocurrían todos los días, pero, por aquella época, Peter inventó, con la ayuda de Wendy, un nuevo juego que le fascinó muchísimo, hasta que de repente perdió el interés por él, que era lo que, como ya os he dicho, sucedía siempre con sus juegos. Consistía en fingir no tener aventuras, en hacer lo que habían estado haciendo John y Michael durante toda su vida: sentarse en taburetes y lanzar pelotas al aire, empujarse el uno al otro, salir a pasear y volver a casa sin haber matado ni a un oso pardo. Ver a Peter en un taburete sin hacer nada era algo extraordinario; no podía evitar tener un aspecto solemne en dichas ocasiones, pues sentarse y permanecer quieto le parecía una cosa muy cómica. Se jactaba de que salía a pasear por el bien de su salud. Durante muchos soles éstas fueron las aventuras más novedosas para él, y John y Michael se veían obligados a fingir que también estaban encantados, o, de lo contrario, los habría tratado con severidad.

Con frecuencia salía solo, y cuando regresaba a casa nunca se estaba seguro de si había vivido una aventura o no. Podía olvidarla tan fácilmente que no contaba nada, y entonces, cuando salías, te encontrabas el cadáver. También podía explicar muchas cosas,

y, sin embargo, cuando salías, no encontrabas el cadáver que esperabas. A veces llegaba a casa con la cabeza vendada, y entonces Wendy lo arrullaba y lo bañaba con sumo cuidado en agua tibia, mientras él explicaba una historia fascinante y deslumbrante. Pero ella nunca lo creía completamente, ya sabéis. Sin embargo, Wendy sabía que muchas aventuras eran ciertas porque ella misma había participado en ellas, y también existían otras que eran ciertas en parte, pues los demás chicos las habían vivido y decían que eran verdaderas. Para describirlas todas necesitaríamos un libro tan grande como un diccionario de inglés-latín, latín-inglés, por lo que lo máximo que se puede hacer es ofrecer una como ejemplo de una hora cualquiera transcurrida en la isla. La dificultad se halla en cuál escoger. ¿Deberíamos elegir la escaramuza de Slightly con los pieles rojas en el barranco? Fue algo sanguinario, y especialmente interesante como muestra de una de las peculiaridades de Peter, que era que en plena lucha de repente cambiaba de bando. En el barranco, cuando la victoria estaba aún por decidir, a veces de parte de un lado y a veces de parte de otro, él gritaba: «Hoy soy piel roja, ¿qué eres tú, Tootles, qué eres?». Y Tootles respondía: «Piel roja, ¿qué eres tú, Nibs?», y Nibs decía: «piel roja, ¿qué sois vosotros, gemelos?», y así sucesivamente, de manera que todos eran pieles rojas, por lo que, evidentemente, se ponía fin a la pelea, aunque a los auténticos pieles rojas les habrían fascinado los métodos de Peter Pan y habrían aceptado ser chicos perdidos por esa vez. Sin embargo, todo tenía que empezar de nuevo con mayor ferocidad que nunca.

Lo más extraordinario de esta aventura fue... ¡pero aún no hemos decidido si ésta es la aventura que vamos a narrar! quizás sería mejor el ataque nocturno de los pieles rojas a la casa subterránea, cuando muchos de ellos se quedaron atascados en los árboles huecos y tuvieron que ser extraídos como tapones de corcho. O podríamos contar cómo Peter Pan salvó la vida de Tigridia en la Laguna de las Sirenas, y, de este modo, se hizo su aliada.

O podríamos narrar lo de aquel pastel que cocinaron los piratas para que los niños se lo comieran y murieran, y cómo lo colocaron en un sitio estratégico detrás de otro, pero Wendy siempre se lo quitaba a sus niños, de modo que con el tiempo perdió su suculencia, se puso tan duro como una piedra y lo usaron como un misil, hasta que Garfio tropezó con él en la oscuridad.

O supongamos que contamos lo de los pájaros que eran amigos de Peter, en concreto lo del ave de Nunca Jamás que construyó su nido en un árbol que colgaba por encima de la laguna, y cómo su nido cayó al agua, y aún así el ave se sentó sobre los huevos y Peter ordenó que no la molestaran. Es una bonita historia, y el final muestra lo agradecido que puede llegar a ser un pájaro, pero si la contamos, debemos explicar también la aventura completa de la laguna, lo cual, naturalmente, implicaría narrar dos aventuras en lugar de sólo una. Una aventura más corta, y casi tan emocionante, fue el intento de Campanilla, con la ayuda de algunas hadas callejeras, de colocar a Wendy en una enorme hoja flotante que navegara hacia el mundo real mientras dormía. Por fortuna, la hoja se hundió y Wendy se despertó pensando que era la hora del baño, y regresó a nado. Y también podríamos elegir el desafío que Peter propuso a los leones, cuando con una flecha dibujó un círculo en el suelo a su alrededor y los retó a traspasarlo, y aunque esperó durante horas, mientras Wendy y los demás chicos observaban la escena sin aliento desde los árboles, ni uno solo aceptó su provocación.

¿Cuál de estas aventuras debemos elegir? La mejor forma de decidirlo será a cara o cruz.

He lanzado una moneda y ha ganado la laguna. Casi hubiera preferido que hubiera salido el barranco o el pastel o la hoja de Campanilla. Por supuesto, puedo lanzar la moneda otra vez y elegir la mejor de las tres tiradas. Sin embargo, es más justo quedarse con la laguna.

∽ CAPÍTULO 8 ∽

La Laguna de las Sirenas

i cerráis los ojos y sois de los que tienen suerte, podréis ver una charca sin forma con unos encantadores colores pálidos suspendida en la oscuridad. Si a continuación apretáis más los ojos, la charca empieza a tomar forma, y los colores se hacen tan vivos que después de apretar más los ojos comenzarán a arder. Pero justo antes de que comiencen a arder es posible ver la laguna. Es lo más cerca que jamás podréis estar en el mundo real, sólo un momento celestial; si pudiérais contemplarla en dos ocasiones, podríais ver el oleaje y escuchar cómo cantan las sirenas.

Los niños suelen pasar en esta laguna muchos días del verano, nadando o flotando la mayor parte del tiempo, jugando a los juegos de las sirenas bajo el agua o cosas por el estilo. No debéis deducir de esto que las sirenas se relacionaban con los niños en términos de amistad; al contrario, uno de los mayores reproches de Wendy era que durante todo el tiempo que estuvo en la isla nunca oyó ni una palabra civilizada de boca de las sirenas. Cuando se acercaba sigilosamente al borde de la laguna veía una veintena de ellas, sobre todo en la roca de los Abandonados, donde podían disfrutar del sol y cepillarse el cabello de un modo tan perezoso que la irritaba sobremanera. En algunas ocasiones llegaba a nadar, casi de puntillas, hasta hallarse a unos cien centímetros de ellas, pero entonces la veían y se zambullían, con frecuencia salpicando agua con sus colas y no por accidente, sino de manera intencionada.

Las sirenas trataban a todos los chicos del mismo modo, excepto, naturalmente, a Peter Pan, quien charlaba con ellas en la roca de los Abandonados durante horas y se sentaba sobre sus colas cuando se mostraban descaradas. Peter le regaló a Wendy uno de los peines de las sirenas.

El momento ideal para verlas era durante el cambio de luna, cuando producían extraños gritos lastimeros. No obstante, la laguna resulta peligrosa para los mortales en esas ocasiones. Aunque hasta el atardecer del que ahora vamos a hablar, Wendy no había visto nunca la laguna a la luz de la luna, no tanto por miedo, pues, por supuesto, Peter la hubiera acompañado, sino porque tenía estrictas normas según las cuales todos debían estar en la cama a las siete, ella visitaba a menudo el lugar los días soleados después de la lluvia, cuando las sirenas emergían en enormes cantidades para jugar con sus burbujas. Usan como pelotas las burbujas de incontables colores hechas con el agua del arco iris, y las golpean alegremente con sus colas para pasárselas unas a otras, y tratar de mantenerlas en el arco iris hasta que estallan. Las porterías se hallan en los extremos del arco iris, y las porteras sólo pueden usar las manos. A veces, tienen lugar al mismo tiempo una docena de estos juegos en la laguna, lo que hace que sea un espectáculo muy hermoso.

Pero en cuanto los chicos intentaban unirse al juego tenían que jugar solos, ya que las sirenas desaparecían inmediatamente. No obstante, tenemos pruebas de que observaban a los intrusos y no eran tan altivas como para no tomar prestada alguna idea de ellos, ya que John introdujo una nueva forma de golpear la burbuja, con la cabeza en lugar de con la mano, algo que las sirenas adoptaron. Ésta es la única huella que ha dejado John en Nunca Jamás.

También debe resultar bastante placentero ver a los niños descansar media hora sobre una roca después de su almuerzo. Wendy insistió mucho en que hicieran esto. En todo caso, era un verdadero reposo incluso aunque el almuerzo fuera ficticio. Así que se echaban al sol, bajo el cual sus cuerpos brillaban, mientras ella se sentaba a su lado con aire de importancia.

La historia tuvo lugar uno de esos días en que todos se hallaban en la roca de los Abandonados. La roca no era mucho más grande que su enorme cama, pero, por supuesto, sabían cómo no ocupar demasiado espacio, y se hallaban adormecidos, o al menos tumbados con los ojos cerrados. A veces se pellizcaban, especialmente si creían que Wendy no estaba mirando, pues estaba muy ocupada bordando.

Mientras bordaba se produjo un cambio en la laguna. Fue recorrida por pequeños temblores, el Sol se ocultó y las sombras se acercaron sigilosamente al agua, de manera que se enfrió. Wendy ya no podía ver para enhebrar la aguja. Cuando alzó la vista, la laguna, que hasta entonces había sido siempre un lugar lleno de risas, parecía temible y hostil.

Aunque ella sabía que todavía no había anochecido, algo tan oscuro como la noche hizo acto de aparición. No, peor que eso. No había llegado la noche, aunque había enviado ese temblor a través del mar para anunciar que estaba llegando. ¿Qué era?

Wendy pensó en todas las historias que había oído sobre la roca de los Abandonados, que recibía este nombre porque los capitanes malvados abandonaban a los marineros para que se ahogaran cuando subiera la marea, momento en que la laguna quedaba sumergida.

Como es lógico, debió despertar enseguida a los niños, no sólo por el suceso desconocido que los acechaba, sino también porque no era bueno para ellos seguir durmiendo en una roca que cada vez estaba más fría. Pero como era una madre joven no sabía eso; simplemente pensaba que era conveniente seguir al pie de la letra su norma de la media hora después del almuerzo. Así que, aunque el miedo la invadía, y estaba deseando oír voces masculinas, no los despertó. Incluso al escuchar el sonido apagado de remos, y aunque tenía el corazón en la boca, no los despertó. Se quedó de pie vigilándolos para que pudieran dormir su siesta. ¿No fue esto muy valiente por parte de Wendy?

Los chicos tuvieron suerte de que entre ellos se hallara uno que podía oler el peligro incluso en sueños. Peter se levantó de un salto, tan despierto como un perro, y, con un grito de alerta, despertó a los otros.

Se quedó de pie inmóvil, con una mano en la oreja.

—¡Piratas! —gritó.

Los otros se acercaron a él. Una sonrisa se estaba dibujando en su cara, y Wendy la vio. Cuando aparecía esa sonrisa en su cara nadie se atrevía a hablarle; todo cuanto podían hacer era estar preparados para obedecer. La orden fue seca y tajante:

—¡Zambullíos!

Hubo un destello de piernas y, al instante, la laguna parecía desierta. La roca de los Abandonados se quedó sola en las aguas como si hubiera sido abandonada.

La barca se acercó. Era un bote pirata con tres siluetas dentro; dos de ellas pertenecían a Smee y Starkey, y la tercera era un cautivo que no era otra que Tigridia. La iban a dejar en la roca para que muriera, un final para una de su raza que se consideraba más terrible que morir quemado o bajo tortura, ¿pues no está escrito en el libro de la tribu que en el agua no hay un sendero que lleve al feliz paraíso de los terrenos de caza? A pesar de todo, su cara tenía una expresión impasible. Era la hija de un jefe y debía morir como tal, y con eso bastaba.

La habían atrapado mientras abordaba el barco pirata con un cuchillo en la boca. No se montaba guardia en el barco, pues Garfio se jactaba de que el aliento que se desprendía al pronunciar su nombre protegía al barco. Ahora, su destino ayudaría a protegerlo, pues un lamento más se uniría por la noche a ese aliento.

En la penumbra que trajeron consigo los dos piratas no pudieron ver la roca hasta que chocaron con ella.

—Orza, marinero de agua dulce —gritó una voz irlandesa, que era la de Smee—; aquí está la roca. Bueno, ahora lo que tenemos que hacer es cargar a la piel roja, ponerla encima y dejarla aquí para que se ahogue.

Les llevó un momento descargar a la hermosa chica en la roca.

Muy cerca de la roca, pero ocultas, dos cabezas, la de Peter y la de Wendy, cabeceaban en el agua. Wendy lloraba, pues era la primera tragedia que había visto. Aunque Peter había visto muchas, se había olvidado de todas. Se sentía menos apenado por Tigridia que Wendy. Era el hecho de que fueran dos contra uno lo que lo enojaba, y pretendía salvarla. Una manera fácil hubiera sido esperar hasta que se hubieran ido los piratas, pero él nunca escogía la forma más fácil.

Como no existía casi nada que no pudiera hacer, imitó la voz de Garfio.

—¡Ah del barco, marineros de agua dulce! —los llamó.

—¡El capitán! —dijeron los piratas, mirándose sorprendidos.

—Debe venir nadando a nuestro encuentro —dijo Starkey.

—Estamos dejando a la piel roja en la roca —gritó Smee.

—Dejadla libre —fue la respuesta.

—¡Libre!

—Sí, dejad que se vaya.

—Pero capitán...

—Inmediatamente, ¿me oís? —gritó Peter—, o, de lo contrario, os clavaré mi garfio.

—¡Esto es muy raro! —dijo Smee.

—Será mejor que hagamos lo que ordena el capitán —dijo Starkey nervioso.

—Sí, sí —dijo Smee, y cortó las ataduras de Tigridia, que al instante, como una anguila, se deslizó en el agua entre las piernas de Starkey.

Naturalmente, Wendy estaba eufórica ante el ingenio de Peter, pero sabía que también él se mostraría satisfecho, así que sacó su mano al instante para taparle la boca. Pero se quedó inmóvil en el acto porque por toda la laguna resonó: «¡Ah del barco!» con la voz de Garfio, y esta vez no era Peter quien había hablado.

Aunque Peter estaba a punto de fanfarronear, en su lugar su cara se movió como para soltar un silbido de sorpresa.

—¡Ah del barco! —se oyó de nuevo la voz.

Entonces Wendy lo comprendió. El auténtico Garfio estaba en el agua.

Estaba nadando hacia el bote, y, como sus hombres sacaron un farol para guiarlo, enseguida los encontró. A la luz del farol, Wendy pudo ver cómo su garfio agarraba un costado del bote; contempló su cara mientras subía y, temblando, hubiera preferido alejarse nadando, pero Peter no se movía. Estaba lleno de vida y engreído hasta reventar.

—¿No soy una maravilla? —susurraba a Wendy, y aunque ella también lo pensaba, se alegraba por la reputación de Peter de que no lo oyera nadie salvo ella.

Él le hizo señas para que escuchara.

Los dos piratas sentían curiosidad por saber qué había traído a su capitán hasta ellos, pero él se sentó con la cabeza apoyada en su garfio en una postura de melancolía.

—Capitán, ¿va todo bien? —preguntaron los piratas. Sin embargo, él contestó con un lamento ahogado.

—Suspira —dijo Smee.

—Suspira de nuevo—dijo Starkey.

—Y suspira por tercera vez —dijo Smee.

Y, entonces, finalmente habló con vehemencia:

—Se acabó el juego —exclamó—, esos chicos han encontrado una madre.

Y aunque estaba aterrorizada, Wendy se hinchó de orgullo.

—¡Oh, maldito día! —gritó Starkey.

—¿Qué es una madre? —preguntó el ignorante Smee.

Wendy estaba tan horrorizada que exclamó:

—¡No lo sabe!

Y tras esto sintió que si se pudiera tener un pirata por mascota, Smee sería la suya.

Peter la empujó debajo del agua, porque Garfio ya se había levantado y comenzaba a gritar:

—¿Qué ha sido eso?

—Yo no he oído nada —dijo Starkey, alzando el farol sobre las aguas, y al mirar los piratas vieron una curiosa imagen. Era el nido del que os he hablado, que flotaba sobre la laguna. El ave de Nunca Jamás estaba sentada dentro.

—Mirad —dijo el capitán Garfio—, eso es una madre. ¡Qué lección! El nido debe de haberse caído al agua, pero, ¿abandonaría la madre a sus huevos? No.

Su voz se quebró, como si por un momento recordara los días inocentes cuando... pero se sacudió esta debilidad con su garfio.

Smee, muy impresionado, miró al pájaro mientras el nido pasaba de largo conducido por la corriente, pero Starkey, que era más desconfiado, dijo:

—Si es una madre, tal vez esté aquí para ayudar a Peter.

Garfio hizo una mueca de dolor.

—Sí —dijo—, ése es el miedo que me invade.

La voz entusiasta de Smee lo sacó de su abatimiento.

—Capitán —dijo Smee—, ¿no podríamos raptar a la madre de esos chicos y convertirla en nuestra madre?

—Es un plan magnífico —exclamó Garfio, y, al instante, tomó forma en su cerebro.

—Capturaremos a los niños y los conduciremos al barco: a los chicos les haremos pasear la tabla, y Wendy será nuestra madre.

De nuevo, Wendy se olvidó de sí misma.

—¡Jamás! —gritó, y se sumergió.

—¿Qué ha sido eso?

Pero no podían ver nada. Pensaron que había sido una hoja transportada por el viento.

—¿Estáis de acuerdo, mis bravucones? —preguntó Garfio.

—Ahí va mi mano —dijeron ambos.

—Y ahí va mi Garfio. Jurad.

Y juraron todos. En aquel momento ya estaban en la roca, pero, de pronto, Garfio se acordó de Tigridia.

—¿Dónde está la piel roja? —exigió bruscamente.

Como a veces tenía un humor juguetón, pensaron que se trataba de uno de esos momentos.

—No pasa nada, capitán —dijo Smee con suficiencia—; la dejamos escapar.

—¡La dejasteis escapar!

—Fueron sus propias órdenes —balbució el contramaestre.

—Nos gritó desde el agua que la soltáramos —dijo Starkey.

—¡Azufre y hiel —bramó Garfio—, qué engaño es éste!

Su cara se había puesto negra de ira, pero como vio que realmente creían lo que decían, se quedó pasmado.

—Muchachos —dijo, temblando un poco—, yo no di esa orden.

—Esto es muy raro —dijo Smee, y se agitaron inquietos. Garfio alzó la voz, pero había un temblor en ella.

—Espíritu que habita esta oscura laguna esta noche —gritó—, ¿me oyes?

Evidentemente, Peter, que debió de haberse mantenido callado, no lo hizo, e inmediatamente contestó con la voz de Garfio:

—¡Rayos y truenos, te oigo!

En aquel momento, el supremo Garfio no palideció ni siquiera un poco, pero Smee y Starkey se pegaron el uno al otro aterrorizados.

—¿Quién eres, desconocido? ¡Habla! —exigió Garfio.

—Soy James Garfio —contestó la voz—, capitán del *Jolly Roger*.

—No lo eres, no lo eres —gritó Garfio con voz ronca.

—¡Azufre y hiel —replicó la voz—, di eso otra vez y te clavaré el ancla en las entrañas!

Garfio probó una actitud más halagadora.

—Si tú eres Garfio —dijo casi humildemente—, entonces, dime, ¿quién soy yo?

—Un bacalao —respondió la voz, nada más que un bacalao.

—¡Un bacalao! —repitió Garfio sin comprender, y fue entonces y sólo entonces cuando su orgulloso espíritu se vino abajo. Vio cómo sus hombres se apartaban de él.

—¡Todo este tiempo nos ha capitaneado un bacalao! —murmuraron. Es muy humillante para nuestro orgullo.

Eran sus perros que se revolvían contra él, pero, a pesar de la trágica figura en que se había convertido, apenas les hizo caso. Ante tan temible evidencia no era su fe en él lo que necesitaba, sino su fe en sí mismo. Sentía que su ego se le escapaba.

—No me dejes, bravucón —le susurró.

En su naturaleza oscura existía un toque femenino, como en todos los grandes piratas, que a veces hacía que tuviera intuiciones. De pronto probó con el juego de las adivinanzas.

—Garfio —gritó—, ¿tienes otra voz?

Y, bueno, Peter nunca podía resistirse a un juego, y contestó alegremente con su propia voz:

—La tengo.

—¿Y otro nombre?

—Sí, sí.

—¿Vegetal?

—No.

—¿Mineral?

—No.

—¿Animal?

—Sí.

—¿Hombre?

—¡No! —esta respuesta resonó con desdén.

—¿Chico?

—Sí.

—¿Un chico corriente?

—¡No!

—¿Un chico maravilloso?

Para disgusto de Wendy la respuesta que se oyó esta vez fue «Sí».

—¿Estás en Inglaterra?

—No.

—¿Estás aquí?

—Sí.

Garfio estaba completamente desconcertado.

—Hacedle vosotros algunas preguntas —dijo a los otros, secándose la frente que ya estaba húmeda.

Smee reflexionó.

—No se me ocurre nada —dijo con pesar.

—¡No lo pueden adivinar, no lo pueden adivinar! —se jactó Peter. ¿Os rendís?

Naturalmente, lleno de vanidad, Peter estaba llevando el juego demasiado lejos, y los bellacos vieron su oportunidad.

—Sí, sí —contestaron ansiosos.

—Bien, pues —gritó—, soy Peter Pan.

—¡Pan!

Al momento, Garfio volvió a ser el de siempre, y Smee y Starkey sus fieles secuaces.

—Ya lo tenemos —gritó Garfio. Al agua, Smee. Starkey, encárgate del bote. ¡Capturadlo vivo o muerto!

—Brincaba mientras hablaba, y, al mismo tiempo, se oyó la alegre voz de Peter.

—¿Estáis preparados, chicos?

—Sí, sí. Desde varias partes de la laguna.

—Entonces, ¡echaos sobre los piratas!

La pelea fue breve y dura. El primero en derramar sangre fue John, quien trepó valerosamente al bote y agarró a Starkey. Hubo una lucha feroz, en la cual el sable fue arrancado de las manos del pirata. Se escabulló serpenteando por la borda y John saltó tras él. El bote fue a la deriva.

Aquí y allí aparecía una cabeza en el agua y se veía un destello de acero seguido de gritos o un chillido. En la confusión existente, alguno atacó a su propio bando. El sacacorchos de Smee se hundió en la cuarta costilla de Tootles, pero, a su vez, aquél recibió un corte de Curly. Más allá de la roca, Starkey se lo estaba haciendo pasar mal a Slightly y a los gemelos.

¿Y dónde estaba Peter todo este tiempo? Se encontraba persiguiendo a una presa mayor.

Como todos eran unos chicos valientes, no se les debe culpar por evitar al capitán pirata. Su garra de hierro dibujó un círculo de agua muerta a su alrededor, del que se alejaban como peces asustados.

Pero había uno que no le temía. Había uno dispuesto a entrar en el círculo.

Curiosamente, no fue en el agua donde se encontraron. Garfio ascendió a la roca para tomar aliento, y, simultáneamente, Peter la escaló por el otro lado. La roca estaba resbaladiza como una pelota, por lo que se vieron obligados a gatear en lugar de trepar. Ninguno sabía que el otro se estaba acercando. Los dos buscaban un sitio donde agarrarse y, entre tanto, se toparon con el brazo del otro. Ambos levantaron la cabeza sorprendidos; sus caras casi se tocaban. Así se encontraron.

Algunos de los más grandes héroes han confesado que justo antes de combatir experimentaron una sensación de debilidad. Si a Peter le hubiera pasado eso en aquel momento lo hubiera admitido. Al fin y al cabo, Garfio era el único hombre a quien temía el Cocinero. Pero Peter no se hundió y sólo experimentó un sentimiento, el de felicidad, así que rechinó sus preciosos dientes lleno de alegría. Tan rápido como el pensamiento, le quitó a Garfio un cuchillo de su cinturón y estaba a punto de clavárselo cuando se dio cuenta de que estaba a mayor altura de la roca que su enemigo. No habría sido una lucha justa. Así que le alargó una mano al pirata para ayudarlo a subir.

Fue entonces cuando Garfio le hirió.

A Peter no le aturdió el dolor, sino su injusticia. Lo dejó prácticamente indefenso. Sólo pudo quedarse mirando horrorizado. Todos los chicos reaccionan así la primera vez que son tratados injustamente. Todo cuanto creen que tienen derecho a recibir cuando se entregan es justicia. Después de que alguien los haya tratado injustamente lo seguirán queriendo, pero jamás volverán a ser los mismos. Nadie se recupera de la primera injusticia. Nadie excepto Peter. Solía encontrársela, pero la olvidaba. Supongo que ésa era la verdadera diferencia entre él y el resto.

De modo que cuando encontró la injusticia fue como la primera vez, y sólo pudo quedarse mirando, indefenso. La mano de hierro lo arañó dos veces.

Unos momentos después, los demás chicos vieron a Garfio en el agua abriéndose paso salvajemente hacia el barco. No había en su cara pestilente rastro de euforia, sólo un pálido miedo, pues el cocodrilo lo perseguía obstinado. En una ocasión normal los chicos habrían nadado junto a él armando alboroto, pero ahora estaban preocupados, pues habían perdido a Peter y a Wendy, y se hallaban registrando la laguna en su busca, llamándolos por sus nombres. Encontraron el bote y se fueron a casa en él, gritando «Peter», «Wendy» por el camino, pero no obtuvieron ninguna respuesta salvo la risa burlona de las sirenas.

—Deben de estar regresando a nado o volando —concluyeron los chicos.

No estaban muy preocupados porque tenían mucha fe en Peter. Se echaron a reír, como es propio de los chicos, porque llegarían tarde a la cama, ¡y todo por culpa de mamá Wendy!

Cuando desaparecieron sus voces, reinó un frío silencio sobre la laguna y, a continuación, un débil llanto.

—¡Ayuda, ayuda!

Dos pequeñas figuras eran golpeadas contra la roca; la chica se había desmayado y descansaba sobre el brazo del chico. Con un último y gran esfuerzo, Peter Pan tiró de ella hasta subirla a la roca y luego se echó a su lado. Cuando él estaba también desmayándose vio que el agua ascendía. Sabía que en breves instantes se ahogarían, pero no podía hacer nada más.

Mientras estaban tumbados uno al lado del otro, una sirena tomó a Wendy por los pies y empezó a tirar de ella suavemente hacia el agua. Peter, al sentir que se le escapaba, se despertó sobresaltado y llegó a tiempo de agarrarla y llevarla de nuevo consigo. Pero tenía que decirle la verdad.

—Estamos en la roca, Wendy —dijo—, pero se está haciendo pequeña. Pronto el agua la cubrirá toda.

Pero ella no lo comprendió ni siquiera en esos momentos.

—Tenemos que irnos —dijo ella, casi animada.

—Sí —contestó él débilmente.

—¿Nadamos o volamos, Peter?

Tenía que decírselo.

—¿Crees que podrías nadar hasta la isla, Wendy, sin mi ayuda?

Ella tuvo que admitir que estaba demasiado cansada.

Él soltó un gemido.

—¿Qué pasa? —preguntó ella, que enseguida se inquietó por él.

—No puedo ayudarte, Wendy. Garfio me hirió. No puedo volar ni nadar.

—¿Quieres decir que nos ahogaremos los dos?

—Mira cómo sube el agua.

Se pusieron las manos sobre los ojos para no ver nada. Pensaron que muy pronto ambos dejarían de existir. Y mientras se encontraban allí sentados algo tan ligero como un beso rozó a Peter y se quedó allí, como diciendo tímidamente: «¿Hay algo que yo pueda hacer?».

Era la cola de una cometa que Michael había hecho hacía unos días. Se le había escapado de la mano y se la había llevado el viento.

—Es la cometa de Michael —dijo Peter sin mostrar interés, pero al momento atrapó la cola y tiraba de la cometa hacia él.

—Levantó a Michael del suelo —exclamó—; ¿por qué no habría de llevarte a ti?

—¡A los dos!

—No puede levantar a dos. Michael y Curly ya lo intentaron.

—Echémoslo a suertes —dijo Wendy valientemente.

—¿Siendo tú una dama? Nunca —él ya había atado la cola de la cometa a la cintura de Wendy, que se aferró a Peter y se negó a irse sin él. Pero, con un «Adiós, Wendy», él la empujó fuera de la roca, y, en unos minutos, desapareció de su vista. Peter se quedó solo en la laguna.

La roca era ahora muy pequeña, y pronto estaría totalmente sumergida. Pálidos rayos de luz caminaban de puntillas sobre el agua, y, de vez en cuando, se oía un sonido que era a la vez el más musical y el más melancólico del mundo: las sirenas cantando a la Luna.

Aunque Peter no era ni mucho menos como los demás chicos, finalmente sintió miedo. Un escalofrío le recorrió el cuerpo, como un temblor que atraviesa el mar, pero en el mar un estremecimiento sigue a otro hasta que hay cientos de ellos, y Peter sólo sintió uno. Al minuto siguiente estaba otra vez de pie sobre la roca, con esa sonrisa en su cara y un tambor redoblando en su interior que le decía: «Morir será una aventura grandiosa».

CAPÍTULO 9

El ave de Nunca Jamás

l último sonido que oyó Peter antes de quedarse completamente solo fue el de las sirenas cuando se retiraban una a una a sus dormitorios bajo el mar. Estaba muy lejos para oír cómo se cerraban sus puertas, pero como cada una de las puertas de las cuevas de coral donde viven tiene una campanilla que suena cuando se abre o cierra (como en todas las casas más finas de tierra firme), él oyó las campanillas.

Las aguas ascendían continuamente hasta mordisquearle los pies, y para pasar el tiempo hasta que dieran su último bocado, contempló la única cosa que había en la laguna. Pensó que era un trozo de papel que flotaba, tal vez parte de la cometa, y se preguntó cuánto tiempo tardaría en alcanzar la orilla navegando a la deriva.

Luego observó, algo curioso, que, sin duda, aquello se hallaba en la laguna con algún objetivo en particular, pues estaba luchando contra la corriente, y a veces ganaba. Cuando ganaba, Peter, que siempre se solidarizaba con los más débiles, no podía evitar aplaudir; era un trozo de papel muy valiente.

En realidad, no era un trozo de papel. Se trataba del ave de Nunca Jamás, que estaba haciendo desesperados esfuerzos para llegar hasta Peter en su nido. Al batir las alas de un modo que había aprendido desde que el nido cayó al agua, podía gobernar más o menos su curiosa embarcación, pero para cuando Peter la reconoció ya se sentía muy agotada. Había venido a salvarle, a ofrecerle su nido, a pesar de contener huevos. Yo mismo me maravillé del ave, pues aunque Peter se había mostrado amable con ella, en ocasiones también la atormentó. Únicamente puedo suponer que, al igual que la señora Darling y los demás, no pudo resistirse a él porque conservaba todos sus dientes de leche.

Le explicó a gritos a lo que había venido, y él le preguntó también a gritos a qué había venido, pero, como es lógico, ninguno de los dos entendía el idioma del otro. En los cuentos fantásticos la gente puede hablar libremente con los pájaros. Por un momento, desearía poder fingir que éste es uno de esos cuentos y decir que Peter contestó de forma comprensible al ave de Nunca Jamás, pero como es mejor la verdad, sólo quiero contaros lo que sucedió en realidad. Y, bueno, no sólo no podían entenderse sino que también olvidaron sus modales.

—Quiero... que... te... metas... en... el... nido —gritó el ave, hablando tan despacio y claramente como pudo—, y... luego... puedes... dejarte... llevar... por... la... corriente... hasta... la... orilla, pero... estoy... demasiado... cansada... para... llevarlo... más... cerca... así...que... debes... intentar... nadar... hasta... él.

—¿Qué es lo que estás graznando? —contestó Peter. ¿Por qué no dejas que la corriente empuje el nido como siempre?

—Quiero... que... tú —dijo el ave, y repitió todo lo que había dicho.

Entonces Peter trató de hablar despacio y claro.

—¿Qué... es... lo... que... estás... graznando? —y así hasta repetir toda la frase.

El ave de Nunca Jamás se irritó, pues estos pájaros suelen tener prontos de mal genio.

—Pequeño remedón estúpido —chilló—, ¿por qué no haces lo que te digo?

A Peter le pareció que le estaba insultando, de modo que, por si acaso, le respondió:

—¡Eso lo serás tú!

Entonces, curiosamente, soltaron el mismo comentario:

—¡Cierra el pico!

—¡Cierra el pico!

A pesar de todo, el ave estaba decidida a salvarlo siempre que fuera posible, y en un tremendo último esfuerzo impulsó el nido contra la roca. Luego se alzó en vuelo, abandonando sus huevos para dejar clara su intención.

Entonces, por fin Peter comprendió; agarró el nido y dio las gracias con las manos al ave. Pero, no obstante, no era para recibir su agradecimiento por lo que el ave se quedó flotando en el cielo, ni siquiera para observar cómo se metía en él. Era para ver lo que él hacía con sus huevos.

Había dos grandes huevos blancos. Peter los levantó y se quedó pensativo. El ave se cubrió la cara con sus alas para no verlos por última vez, pero no pudo evitar mirar a través de las plumas.

No recuerdo si os he contado que había un palo en la roca, que fue clavado por unos bucaneros hace mucho tiempo para señalar el lugar donde se escondía un tesoro. Los niños habían descubierto el centelleante botín, y cuando tenían ganas de hacer travesuras solían lanzar puñados de *moidores*, diamantes, perlas y piezas de a ocho a las gaviotas, que se abalanzaban sobre ellas pensando que era comida y luego se alejaban volando, rabiando por la broma pesada que les habían gastado. El palo estaba todavía allí, y Starkey había colgado en él su sombrero, de lona impermeable y de ala ancha. Peter puso los huevos en este sombrero y lo colocó sobre las aguas de la laguna. Flotaba perfectamente. El ave de Nunca Jamás se dio cuenta enseguida de lo que Peter trataba de hacer y soltó gritos de admiración, y, ¡vaya!, Peter también le graznó para darle las gracias. Después se introdujo en el nido, plantó el palo en él como si fuera un mástil y colgó su camisa para que hiciera de vela. En aquel mismo instante, el ave revoloteó hasta el sombrero y se sentó de nuevo cómodamente sobre sus huevos. El ave fue a la deriva en una dirección y Peter en otra, ambos dando gritos de alegría.

Naturalmente, cuando Peter tomó tierra arrastró su barca hasta un lugar de la playa donde el ave pudiera encontrarla fácilmente, pero el sombrero tuvo tanto éxito que ésta abandonó el nido, que navegó arrastrado por la corriente hasta que quedó hecho pedazos. Starkey iba a menudo a la orilla de la laguna y, lleno de sentimientos amargos, contemplaba al ave sentada en su sombrero. Como ya no volveremos a verla, vale la pena mencionar que todos los pájaros de Nunca Jamás construyen hoy sus nidos en forma de sombrero, con una ancha ala donde sus polluelos salen a tomar el aire.

La alegría fue enorme cuando Peter llegó a la casa subterránea casi al mismo tiempo que Wendy, a quien la cometa había transportado de acá para allá. Todos los chicos tenían una aventura que contar, pero quizás la mayor aventura de todas era que hacía muchas horas que tenían que haberse ido a la cama. Esto hacía que se sintieran tan importantes que tramaron varias diabluras para seguir sin acostarse, como pedir vendas, pero Wendy, aunque disfrutaba con tenerlos a todos en casa sanos y salvos, estaba escandalizada por lo tarde que era, de manera que gritó: «A la cama, a la cama», con una voz que obligaba a obedecer. Sin embargo, al día siguiente, se mostró muy tierna y les dio vendas a todos, y ellos jugaron hasta la hora de acostarse a caminar cojeando y a llevar los brazos en cabestrillo.

Capítulo 10

El hogar feliz

Como resultado de la escaramuza de la laguna, los pieles rojas entablaron amistad con los chicos. Peter había salvado a Tigridia de un destino horrible, y ahora no había nada que ella y sus valientes no hicieran por él. Se sentaban toda la noche a montar guardia encima de la casa subterránea, aguardando el gran ataque de los piratas, el cual, lógicamente, no podía retrasarse mucho más. Andaban por allí incluso de día, fumando la pipa de la paz y con aspecto de quererse comer alguna golosina.

Llamaban a Peter el Gran Padre Blanco, y se postraban ante él, cosa que a Peter le gustaba muchísimo, algo que, en realidad, no era bueno para él.

—El Gran Padre Blanco —solía decirles de una forma muy arrogante mientras ellos se arrastraban a sus pies— se alegra de ver cómo los guerreros piccaninnis protegen su tienda de los piratas.

—Yo, Tigridia —respondía aquella encantadora criatura—, Peter Pan salvarme, yo ser su muy gran amiga. Yo no dejar piratas hacerle daño.

Era demasiado bonita para arrastrarse de ese modo, pero Peter pensaba que se lo debía, de manera que contestaba en tono condescendiente:

—Está bien. Peter Pan ha hablado.

Y siempre que decía «Peter Pan ha hablado» significaba que debían callarse, y ellos lo aceptaban humildemente con esa actitud, aunque no eran ni mucho menos tan respetuosos con los demás chicos, a quienes consideraban guerreros corrientes. A ellos les decían «¿Qué tal?» y cosas por el estilo. Pero lo que realmente molestaba a los chicos era que parecía que Peter veía bien esto.

Wendy simpatizaba secretamente un poco con ellos, pero era un ama de casa demasiado leal para escuchar ninguna queja contra papá. «Papá es más sabio», decía siempre, fuera cual fuera su opinión personal. Su opinión personal era que los pieles rojas no deberían llamarla *squaw*.

Llegamos a la noche que iba a conocerse como La Noche de las Noches por sus aventuras y sus consecuencias posteriores. El día, como si hubiera ido reuniendo fuerzas calladamente, había pasado casi sin acontecimientos, de manera que los pieles rojas, vestidos con sus mantas, estaban arriba en sus puestos, mientras, abajo, los chicos tomaban la cena; todos menos Peter Pan, que había salido a averiguar la hora. La forma en que se sabía la hora en la isla era encontrar al cocodrilo y quedarse junto a él hasta que el reloj la daba.

La cena resultó ser un té imaginario, de modo que se sentaron alrededor del tablero, engullendo con avidez, aunque la verdad es que, con su charla y sus recriminaciones, el ruido que formaban, como dijo Wendy, era del todo ensordecedor. En realidad no le molestaba el ruido, pero no estaba dispuesta a dejar que se pegaran y luego se justificaran diciendo que Tootles les había golpeado en el codo. Se había establecido una norma según la cual no podían devolver un golpe durante las comidas, sino que debían comunicar el motivo de la disputa a Wendy levantando el brazo derecho educadamente y diciendo: «Me quejo de Fulano de tal»; no obstante, lo que pasaba muy a menudo era que se olvidaban de esto o lo hacían demasiadas veces.

—Silencio —exclamó Wendy cuando por vigésima vez les dijo que no debían hablar todos al mismo tiempo. ¿Está tu taza vacía, Slightly, cariño?

—No del todo vacía, mami —dijo Slightly, tras mirar dentro de una taza imaginaria.

—Ni siquiera ha empezado a beberse la leche —interrumpió Nibs.

Eso era chivarse, y Slightly aprovechó la ocasión.

—Me quejo de Nibs —exclamó inmediatamente.

Sin embargo, John había levantado la mano antes.

—¿Y bien, John?

—¿Puedo sentarme en la silla de Peter, ya que no está aquí?

—¿Sentarte en la silla de papá, John? —dijo Wendy. Por supuesto que no.

—En realidad no es nuestro padre —contestó John. Ni siquiera sabía lo que hace un padre hasta que se lo enseñé.

Eso era refunfuñar.

—Nos quejamos de John —exclamaron los gemelos.

Tootles levantó la mano. Era el más humilde de todos. De hecho, era el único humilde, y por ello Wendy era especialmente amable con él.

—No creo —dijo Tootles— que yo pudiera ser padre.

—No, Tootles.

Una vez que Tootles empezaba, lo cual no sucedía muy a menudo, seguía diciendo tonterías.

—Como no puedo ser padre —dijo acongojado—, supongo que tú, Michael, no me dejarías ser el bebé, ¿verdad?

—No, no te dejaría —dijo Michael secamente, que ya estaba en su cesta.

—Como no puedo ser el bebé —dijo Tootles, cada vez más y más apenado— ¿creéis que podría ser un gemelo?

—Claro que no —replicaron los gemelos—; es muy difícil ser gemelo.

—Como no puedo ser nada importante —dijo Tootles—, ¿a alguno de vosotros le gustaría verme haciendo un truco?

—No —contestaron todos.

Entonces, por fin lo dejó.

—En realidad, no tenía ninguna esperanza —dijo.

Y de nuevo estallaron las odiosas acusaciones.

—Slightly está tosiendo en la mesa.

—Los gemelos han empezado por las tartas de queso.

—Curly toma mantequilla y miel.

—Nibs está hablando con la boca llena.

—Me quejo de los gemelos.

—Me quejo de Curly.

—Me quejo de Nibs.

—¡Oh, Dios mío; oh, Dios mío! —exclamó Wendy— de verdad, a veces pienso que las mujeres solteras son de envidiar.

Les dijo que recogieran la mesa y se sentó con su cesta de labores: un montón de medias, todas con un agujero en las rodillas, como de costumbre.

—Wendy —protestó Michael—, soy demasiado grande para una cuna.

—Debo tener a alguien en una cuna —dijo ella casi con aspereza—, y tú eres el más pequeño. Una cuna es algo muy bonito y hogareño para tener en una casa.

Mientras cosía, los chicos jugaban a su alrededor y formaban un conjunto de caras felices y piernas danzantes iluminados por aquel fuego romántico. Aunque era una escena muy familiar y diaria en la casa subterránea, es la última vez que la vemos. Se oyeron pasos arriba y Wendy, podéis estar seguros, fue la primera en reconocerlos.

—Niños, oigo los pasos de vuestro padre. Le gusta que lo recibáis en la puerta.

Arriba, los pieles rojas se agacharon frente a Peter.

—Vigilad bien, valientes. He hablado.

Y más tarde, como habían hecho antes tantas veces, los divertidos niños lo sacaban a rastras de su árbol. Como habían hecho antes tantas veces, pero nunca más volverían a hacer.

Peter Pan había traído gran cantidad de frutos secos a los niños, así como la hora exacta a Wendy.

—Peter, ¿es que no ves que los malcrías? —dijo Wendy con una sonrisa tonta.

—Ay, vieja —dijo Peter, colgando su escopeta.

—Fui yo quien le dijo que a las madres se les llama viejas —susurró Michael al oído de Curly.

—Me quejo de Michael —dijo Curly al instante.

El primer gemelo se acercó a Peter.

—Papá, queremos bailar.

—Pues baila, mi hombrecito —dijo Peter, que estaba de muy buen humor.

—Pero queremos que tú también bailes.

Y es que Peter Pan era realmente el mejor bailarín, pero fingió que estaba escandalizado.

—¡Yo! ¡Pero si mis viejos huesos se partirían!

—Y mami también.

—¿Qué? —exclamó Wendy— ¡bailar la madre de toda esta prole!

—Pero si es sábado por la noche —insinuó Slightly.

En realidad no era sábado por la noche, aunque podría haberlo sido, ya que habían perdido la cuenta de los días hacía mucho tiempo. No obstante, siempre que querían hacer algo especial decían que era sábado por la noche, y entonces lo hacían.

—Claro que es sábado por la noche, Peter —dijo Wendy, transigiendo.

—¡Gente como nosotros, Wendy!

—Pero sólo es con nuestros niños.

—Cierto, cierto.

Así que les dijeron que podían bailar, pero antes debían ponerse los camisones.

—Ay, vieja —dijo Peter aparte a Wendy, calentándose junto al fuego y mirándola mientras ella volvía un talón del revés— no hay nada más placentero por la noche para ti y para mí cuando ha acabado el duro trabajo del día que descansar junto al fuego con los pequeñuelos cerca.

—Es agradable, ¿verdad, Peter? —dijo Wendy, llena de satisfacción. Peter, creo que Curly tiene tu nariz.

—Michael se parece a ti.

Ella se acercó a él y le puso una mano en el hombro.

—Querido Peter —dijo—, con una familia tan grande como ésta, lógicamente, ya no estoy tan bien como antes, pero, ¿no querrás cambiarme, verdad?

—No, Wendy.

Aunque no quería ningún cambio, la miró muy incómodo, ya sabéis, parpadeando, como quien no está seguro de si está despierto o soñando.

—¿Qué pasa, Peter?

—Estaba pensando —dijo él, un poco asustado— es sólo imaginario que yo sea su padre, ¿verdad?

—Oh, claro —dijo Wendy en tono remilgado.

—Verás —continuó él, disculpándose—, es que me haría parecer muy mayor ser su padre de verdad.

—Pero son nuestros, Peter, tuyos y míos.

—Pero no de verdad, ¿no, Wendy? —preguntó él ansioso.

—No si tú no lo deseas —replicó ella, y pudo escuchar claramente su suspiro de alivio.

—Peter —le preguntó, intentando hablar con firmeza—, ¿qué es lo que sientes exactamente por mí?

—Lo que siente un hijo entregado a su madre, Wendy.

—Es lo que pensaba —dijo ella, y fue a sentarse sola al otro lado de la habitación.

—Eres tan rara —dijo él, francamente desconcertado—, y Tigridia es igual que tú. Hay algo que quiere ser para mí, pero ella dice que no es mi madre.

—Pues claro que no lo es —replicó Wendy recalcando sus palabras.

Ahora ya sabemos por qué estaba predispuesta contra los pieles rojas.

—Entonces, ¿qué te pasa?

—Una dama no debe contar esas cosas.

—Oh, bien, muy bien —dijo Peter, un poco irritado. A lo mejor me lo cuenta Campanilla.

—Oh, sí, Campanilla te lo contará —contestó Wendy con desdén. Es una pequeña criatura desvergonzada.

En ese momento, Campanilla, que estaba en su habitación escuchando a escondidas soltó una insolencia a voz en grito.

—Dice que disfruta siendo desvergonzada —tradujo Peter.

Y de pronto tuvo una idea.

—A lo mejor Campanilla quiere ser mi madre.

—¡Burro! —chilló Campanilla furiosa.

Lo había dicho tantas veces que Wendy no necesitaba que se lo tradujera.

—Casi estoy de acuerdo con ella —dijo Wendy con brusquedad. ¡Imaginaos a Wendy hablando con brusquedad! Pero la habían puesto a prueba durante mucho tiempo, y no tenía la menor idea de lo que iba a pasar antes de que acabara la noche. Si lo hubiera sabido, no hubiera contestado con brusquedad.

Ninguno de ellos lo sabía, y quizás era mejor no saberlo. Su ignorancia les proporcionó una hora más de felicidad, y, como iba a ser su última hora en la isla, debemos alegrarnos de que dispusieran de sesenta minutos felices. Cantaron y bailaron con sus camisones. Se trataba de una canción tan deliciosamente espeluznante, en la que fingían estar asustados de sus propias sombras, que ni tan siquiera sospechaban que muy pronto caerían sobre ellos unas sombras ante las que se encogerían de auténtico miedo. El baile era tan divertido que reían a carcajadas, ¡y cómo se zarandeaban los unos a los otros en la cama y fuera de ella! Más que un baile era una guerra de almohadas. Cuando terminó, las almohadas insistieron en que hubiera un combate más, como si fueran compañeros que saben que no van a volver a encontrarse jamás. ¡Y qué historias se contaron antes de que llegara la hora del cuento de buenas noches de Wendy! Incluso Slightly trató de contar una historia, pero el principio era tan aburrido que no sólo se sintieron horrorizados los demás, sino también él mismo, de modo que se vio obligado a comentar alegremente:

—Sí, ya sé que es un principio aburrido, así que finjamos que es el final.

Y entonces, finalmente, se metieron todos en la cama para escuchar el cuento de Wendy, el cuento que más les gustaba, el cuento que Peter odiaba. Normalmente, cuando ella empezaba a relatar este cuento, él abandonaba la habitación o se tapaba las orejas con las manos. De hecho, si en esa ocasión hubiera hecho una de estas dos cosas, puede que ahora estuvieran todos aún en la isla. Pero esa noche permaneció en su taburete. Veamos lo que ocurrió.

CAPÍTULO 11

El cuento de Wendy

—Y ahora escuchad —dijo Wendy, mientras se preparaba para narrar su cuento, con Michael a sus pies y siete chicos en la cama. Había una vez un caballero...

—Preferiría que fuera una dama —dijo Curly.

—Yo desearía que fuera una rata blanca —dijo Nibs.

—Callaos —les reprendió su madre. También había una dama, y...

—Oh, mami —exclamó el primer gemelo—, quieres decir que también hay una dama, ¿verdad? No está muerta, ¿no?

—Oh, no.

—Me alegro muchísmo de que no esté muerta —dijo Tootles. ¿Tú te alegras, John?

—Pues claro que sí.

—¿Tú te alegras, Nibs?

—Bastante.

—¿Vosotros os alegráis, gemelos?

—Nos alegramos, sí.

—Oh, Dios mío —suspiró Wendy.

—A ver si hacéis menos ruido por ahí —dijo Peter, decidido a que dejaran a Wendy contar el cuento sin interrupciones, a pesar de lo horroroso que le parecía a él.

—El nombre del caballero —continuó Wendy— era señor Darling, y el de la dama, señora Darling.

—Yo los conozco —dijo John, para molestar a los demás.

—Yo creo que los conozco —dijo Michael no muy convencido.

—Estaban casados, ya sabéis —explicó Wendy—, ¿y qué creéis que tenían?

—Ratas blancas —gritó Nibs, inspirado.

—No.

—Es muy desconcertante —dijo Tootles, que se sabía el cuento de memoria.

—Silencio, Tootles. Tenían tres descendientes.

—¿Qué son descendientes?

—Bueno, pues, tú eres uno, gemelo.

—¿Has oído eso, John? Soy un descendiente.

—Los descendientes son sólo niños —dijo John.

—¡Oh, Dios mío; oh, Dios mío! —suspiró Wendy. Bien, pues estos tres niños tenían una fiel niñera que se llamaba Nana, pero el señor Darling se enfadó con ella y la ató en el patio, y por eso los niños se escaparon volando.

—Es una historia muy buena —dijo Nibs.

—Se escaparon volando —continuó Wendy— al país de Nunca Jamás, donde se encuentran los niños perdidos.

—Es lo que pensaba —interrumpió Curly entusiasmado. No sé cómo, pero es lo que pensaba.

—Oh, Wendy, dime —gritó Tootles—, ¿se llamaba Tootles uno de los niños perdidos del cuento?

—Sí, así es.

—Estoy en un cuento. ¡Viva! Estoy en un cuento, Nibs.

—¡Shh! Ahora quiero que penséis en los sentimientos de los infelices padres cuando todos sus hijos se fueron volando.

—¡Ooh! —se lamentaron todos, aunque, en realidad, no estaban pensando en lo más mínimo en los sentimientos de los infelices padres.

—Pensad en las camas vacías.

—¡Ooh!

—Es muy triste —dijo alegremente el primer gemelo.

—No me imagino cómo puede tener un final feliz —dijo el segundo gemelo. ¿Y tú, Nibs?

—Estoy muy preocupado.

—Si supiérais lo grande que es el amor de una madre —les dijo Wendy en tono triunfal—, no tendríais miedo.

Acababa de llegar a la parte que odiaba Peter.

—A mí me gusta el amor de una madre —dijo Tootles, golpeando a Nibs con una almohada. ¿A ti te gusta el amor de una madre?

—A mí sí —dijo Nibs, devolviéndole el golpe.

—Veréis —dijo Wendy un poco altanera—, nuestra heroína sabía que la madre siempre dejaría la ventana abierta para que sus hijos pudieran regresar volando, de modo que estuvieron lejos durante muchos años y se lo pasaron estupendamente.

—¿Regresaron alguna vez?

—Vamos ahora —dijo Wendy, preparándose para hacer el más delicado esfuerzo— a echar un vistazo al futuro.

Y todos se dieron la vuelta, ya que así es más fácil mirar el futuro.

—Los años han pasado, y, ¿quién es esa elegante dama de edad incierta que se apea del tren en la estación de Londres?

—Oh, Wendy, ¿quién es? —exclamó Nibs, que estaba tan emocionado como si no lo supiera.

—¿Acaso puede ser... sí... no... acaso es... ¡la hermosa Wendy!

—¡Oh!

—¿Y quiénes son las dos nobles figuras corpulentas que la acompañan y que ya han crecido hasta hacerse hombres? ¿Pueden ser John y Michael? ¡Lo son!

—¡Oh!

—Mirad, queridos hermanos —dijo Wendy señalando hacia arriba—, ahí está la ventana todavía abierta. Ay, ahora somos recompensados por nuestra sublime fe en el amor de una madre. Y así volaron hacia su mamá y su papá, y no existe ninguna pluma que pueda describir la feliz escena, por lo que es mejor correr un velo.

Ése era el cuento. Todos estaban tan satisfechos como la hermosa narradora. Ya veis que todo era exactamente como debía ser. Huimos de casa como seres descorazonados, que es lo que son los niños, aunque sean tan hermosos, y tras dedicarnos un tiempo exclusivamente a nosotros, después, cuando necesitamos atenciones especiales, volvemos de nuevo a por nuestra madre, seguros de que seremos recompensados en lugar de recibir una paliza.

Su fe en el amor de una madre era tan grande que pensaron que podían ser crueles durante más tiempo.

Pero entre ellos había uno que sabía más que los demás, de manera que cuando Wendy acabó el cuento soltó un gemido sordo.

—¿Qué pasa, Peter? —exclamó ella, corriendo hacia él, pues pensaba que estaba enfermo. Le palpó muy cariñosamente por debajo del pecho.

—¿Dónde te duele, Peter?

—No es ese tipo de dolor —replicó Peter sombríamente.

—¿Entonces de qué tipo es?

—Wendy, te equivocas sobre las madres.

Todos se reunieron a su alrededor sobresaltados, pues su agitación era muy alarmante. Con un delicado candor les contó lo que había callado hasta entonces.

—Hace mucho tiempo —dijo—, yo pensaba, al igual que tú, que mi madre siempre mantendría la ventana abierta para mí, así que me ausenté durante lunas y lunas y lunas, y luego regresé volando, pero la ventana estaba cerrada, porque mi madre se había olvidado por completo de mí, y había otro niño durmiendo en mi cama.

Aunque yo no estoy seguro de que fuera cierto, Peter pensó que lo era, y los niños se asustaron.

—¿Estás seguro de que las madres son así?

—Sí.

Con que ésa era la verdad sobre las madres. ¡Serán miserables!

Aun así es mejor tener cuidado; nadie sabe mejor que un niño cuándo debe rendirse.

—Wendy, vámonos a casa —exclamaron John y Michael a la vez.

—Sí —dijo ella abrazándolos.

—¿No será esta noche? —preguntaron los niños perdidos perplejos. Sabían en su interior que uno puede arreglárselas muy bien sin una madre, y que sólo las madres son las que creen que son necesarias.

—Ahora mismo —respondió Wendy con resolución, porque se le había ocurrido una idea horrible: «Quizás mamá ya esté ahora de medio luto».

Este temor hizo que se olvidara de lo que Peter debía de estar sintiendo, de manera que le dijo en un tono muy seco:

—Peter, ¿te encargarás de preparar todo lo necesario?

—Si así lo deseas —respondió él, de un modo tan frío como si le hubiera pedido que le pasara los frutos secos.

¡Ni siquiera se cruzaron un «siento perderte»! Si a ella no le importaba marcharse, él, Peter, le demostraría que tampoco le importaba.

Pero, por supuesto que le importaba, y mucho, y sentía tanta ira hacia los adultos, quienes, como era habitual, lo estropeaban todo, que tan pronto como se introdujo en su árbol inspiró varias veces a propósito, a razón de cinco veces por segundo. Hizo esto porque en Nunca Jamás existe un dicho según el cual cada vez que alguien toma aire muere un adulto, de modo que para vengarse, Peter los estaba matando tan rápido como podía.

Tras dar a los pieles rojas todas las instrucciones necesarias, regresó a casa, donde una indigna escena se había llevado a cabo en su ausencia. Invadidos por el pánico ante la idea de perder a Wendy, los niños perdidos habían avanzado amenazadoramente hacia ella.

—Será peor que antes de que llegara —gritaban.

—No dejaremos que se vaya.

—Hagámosla prisionera.

—Sí, encadenadla.

En su crítica situación, el instinto le dijo a quién debía dirigirse.

—Tootles —exclamó—, te lo suplico.

¿No fue extraño? Recurrió a Tootles, que era el más tonto.

Sin embargo, Tootles respondió lleno de presunción. En ese momento abandonó su estupidez y habló con dignidad.

—Yo soy sólo Tootles —dijo—, y no le importo a nadie. Pero al primero que no se comporte como un caballero inglés con Wendy le heriré gravemente.

Sacó su arma, y, en ese instante, Tootles vivió su momento de gloria. Los otros retrocedieron inquietos. Entonces volvió Peter; enseguida vieron que no les apoyaría. No retendría a ninguna chica en contra de su voluntad en Nunca Jamás.

—Wendy —dijo, dando zancadas de un lado a otro—, he pedido a los pieles rojas que te guíen por el bosque, ya que volar te cansa tanto.

—Gracias, Peter.

—Luego —continuó él, en el tono áspero de alguien acostumbrado a que le obedezcan—, Campanilla te conducirá a través del mar. Despiértala, Nibs.

Nibs tuvo que llamar dos veces a la puerta antes de obtener una respuesta, aunque, lo cierto es que Campanilla había estado escuchando sentada en la cama.

—¿Quién eres? ¿Cómo te atreves? Vete —gritó.

—Tienes que levantarte, Campanilla —le dijo Nibs— y llevarte a Wendy de viaje.

146

Por supuesto, aunque a Campanilla le había encantado oír que Wendy se iba, no estaba muy decidida a ser su guía, de modo que así lo hizo saber con palabras bastante más ofensivas. A continuación, fingió que había vuelto a dormirse.

—¡Dice que no lo hará! —exclamó Nibs, horrorizado ante tal insubordinación, de modo que Peter se vio obligado a dirigirse enfadado a la habitación de la jovencita.

—Campanilla —la reprendió—, si no te levantas y te vistes ahora mismo, abriré las cortinas y entonces te veremos todos con tu bata de estar por casa.

Esto hizo que diera un salto hasta el suelo.

—¿Quién dice que no quería levantarme? —gritó.

Entre tanto, los chicos estaban mirando con mucha tristeza a Wendy, que ya estaba preparada para el viaje junto a John y Michael. En esos momentos se encontraban abatidos, no sólo porque estaban a punto de perderla, sino también porque sentían que partía hacia algo bonito a lo que no habían sido invitados. La novedad les resultaba, como siempre, atractiva.

Al creer que albergaban sentimientos más nobles, Wendy se ablandó.

—Queridos —dijo—, si queréis venir conmigo estoy casi segura de que puedo conseguir que mi padre y mi madre os adopten.

La invitación iba dirijida sobre todo a Peter, aunque cada uno de los chicos estaba pensando sólo en sí mismo, de manera que al instante dieron brincos de alegría.

—¿Pero no pensarán que somos muchos? —preguntó Nibs mientras saltaba.

—Oh, no —dijo Wendy, tras reflexionar un poco—, sólo tendrán que colocar unas cuantas camas en el salón, que pueden esconderse detrás de los biombos los primeros jueves de mes.

—Peter, ¿podemos ir? —exclamaron todos en tono de súplica. Habían supuesto que si se iban, él iría con ellos, aunque, en realidad, apenas les importaba. De hecho, los niños siempre están dispuestos, cuando la novedad llama a sus puertas, a abandonar a sus seres queridos.

—Está bien —replicó Peter con una sonrisa amarga, e, inmediatamente, salieron disparados a recoger sus cosas.

—Y ahora, Peter —dijo Wendy, pensando que lo había arreglado todo—, voy a darte tu medicina antes de que te vayas.

A Wendy le encantaba darles medicinas, hasta tal punto que eran excesivas. Naturalmente, sólo era agua, pero provenía de un frasco, y siempre lo agitaba y contaba las gotas, lo cual le daba cierto aire de medicamento. Sin embargo, en esta ocasión, no le dio a Peter su dosis, pues nada más prepararla advirtió una mirada en su cara que hizo que se le cayera el alma a los pies.

—Recoge tus cosas, Peter —exclamó, temblando.

—No —contestó él, fingiendo indiferencia. Yo no me voy contigo, Wendy.

—Sí, Peter.

—No.

Y para demostrarle que su partida no le afectaría, se puso a dar brincos y a tocar su cruel flauta. Aunque era algo bastante indigno, ella tuvo que corretear tras él.

—Para encontrar a tu madre —le dijo.

No obstante, si Peter tuvo alguna vez una madre, ya no la echaba de menos. Podía arreglárselas muy bien solo.

—No, no —dijo a Wendy muy decidido—; a lo mejor diría que soy mayor, y yo quiero ser siempre un niño y divertirme.

—Pero, Peter...

—No.

De modo que era necesario decírselo a los demás.

—Peter no viene.

—¡Peter no viene!

Se quedaron mirando sin comprenderlo, con los hatillos al hombro. Su primer pensamiento fue que si Peter no iba con ellos quizás había cambiado de idea acerca de dejarlos marchar.

Pero era demasiado orgulloso para eso.

—Si encontráis a vuestras madres —dijo sombrío—, espero que os gusten.

El cinismo de sus palabras hizo que se sintieran incómodos, de modo que muchos de ellos dudaron. Al fin y al cabo, decían sus caras, ¿no eran estúpidos al querer marcharse?

—Bueno, pues —exclamó Peter—, nada de escándalos ni lloriqueos; adiós, Wendy —y alargó su mano alegremente.

Ella tuvo que estrecharle la mano, pues no daba señales de que prefiriera un dedal.

—¿Te acordarás de cambiarte tus pantalones de franela, Peter? —dijo ella, quedándose a su lado. Siempre fue muy maniática con los pantalones de franela de los chicos.

—Sí.

—¿Y te tomarás tu medicina?

—Sí.

Eso parecía ser todo. A continuación dominó un incómodo silencio. No obstante, Peter no es de los que se derrumban delante de la gente.

—¿Estás preparada, Campanilla? —dijo. Entonces, muéstrale el camino.

Campanilla salió hacia el árbol más cercano, pero nadie la siguió, porque fue entonces cuando los piratas atacaron a los pieles rojas. En la superficie, donde todo había permanecido tranquilo, el aire estaba dominado por chillidos. Abajo, el silencio era mortal. Las bocas se abrieron. Wendy se cayó de rodillas al suelo, pero con los brazos tendidos hacia Peter. Todos los brazos estaban tendidos hacia él, como si de repente el viento hubiera soplado en esa dirección; le suplicaban en silencio que no los abandonara. En cuanto a Peter, tomó su espada, la misma con la que creía que había matado a Barbacoa, y en su mirada brilló el deseo de la batalla.

CAPÍTULO 12

El rapto
de los niños

E l ataque pirata había sido toda una sorpresa. Probaba que el deshonesto Garfio lo había perpetrado de manera impropia, pues sorprender a los pieles rojas jugando limpio está fuera de las posibilidades del hombre blanco.

Según todas las leyes no escritas de la guerra salvaje, siempre son los pieles rojas quienes atacan, y con la astucia de su raza lo hacen justo antes del amanecer, hora en que saben que el valor de los blancos está en su punto más bajo. Mientras tanto, los hombres blancos han construido una gran empalizada en la cima de un lejano terreno ondulado a cuyos pies corre un riachuelo, pues estar demasiado lejos del agua significa la destrucción. Allí esperan la invasión: los inexpertos con las pistolas en la mano y los veteranos durmiendo hasta justo antes del alba. En la larga y negra noche, los exploradores salvajes serpentean entre la hierba sin agitar una sola brizna. La maleza se cierra tras ellos tan silenciosa como la arena en la que se ha ocultado un topo. No se oye un alma, salvo cuando dan rienda suelta a una imitación de la solitaria llamada del coyote. Otros valientes responden a la llamada, y algunos de ellos incluso lo hacen mejor que los coyotes, quienes no aúllan demasiado bien. De este modo transcurren las frías horas, y el largo suspense constituye una horrible prueba para el rostro pálido que tiene que experimentarlo por primera vez, pero para la mano entrenada esas llamadas fantasmales y los más espectrales silencios son sólo un indicio de cómo transcurre la noche. Como el capitán

Garfio sabía que éste era el procedimiento habitual, no se le puede disculpar que lo pasara por alto.

Los piccaninnis, por su parte, confiaban sin reservas en el honor de Garfio, y sus acciones durante la noche destacaban por diferenciarse de las del pirata. Actuaron de manera coherente con la reputación de su tribu. Con esa agudeza de los sentidos que causa a la vez maravilla y desesperación en los pueblos civilizados, supieron que los piratas estaban en la isla desde el momento en que uno de ellos pisó un palito seco, así que en un intervalo de tiempo increíblemente breve empezaron los aullidos de los coyotes. Cada palmo de terreno entre el lugar donde el capitán Garfio había desembarcado a sus fuerzas y la casa bajo los árboles fue examinado a hurtadillas por valientes que llevaban los mocasines con los talones por delante. Solamente encontraron un montículo con un arroyo en su base, así que el capitán Garfio no tuvo opción: se estableció en este lugar y esperó hasta justo antes del amanecer. Cuando todo estaba planeado con una astucia casi diabólica, la mayor parte de los pieles rojas se envolvió en sus mantas y, de la forma parsimoniosa que para ellos es la máxima expresión de la hombría, se agazaparon sobre la casa de los niños a esperar el frío momento en el que habrían de enfrentarse con la pálida muerte.

Y mientras soñaban despiertos con las exquisitas torturas a las que le iban a someter cuando empezara el día, el traicionero Garfio encontró a esos confiados salvajes. Según los relatos que ofrecieron más tarde algunos de los exploradores que escaparon a la carnicería, parece que Garfio ni siquiera se paró ante la colina, aunque debió de verla bajo aquella luz grisácea: no parece que ningún pensamiento de esperar a ser atacado pasara por su mente sutil. No iba a esperar a que pasara la noche, puesto que en su cabeza sólo cabía la idea de caer sobre el enemigo. ¿Qué podían hacer los desconcertados exploradores, maestros como eran en todas las estrategias de la guerra salvo en ésta, más que trotar hacia él indefensos, exponiéndose fatalmente a ser vistos mientras imitaban patéticamente el aullido del coyote?

Alrededor de Tigridia se agrupaba una docena de sus guerreros más corpulentos, quienes de pronto vieron a los pérfidos piratas lanzarse sobre ellos. En ese momento se les cayó de los ojos el velo a través del cual habían visto la victoria. Ya no torturarían a nadie en la estaca. Sólo les esperaban los felices terrenos de caza. Lo sabían, pero como hijos de sus padres se enfrentaron a los hechos. Incluso entonces tuvieron tiempo para formar una falange que habría sido difícil de romper si se hubieran levantado rápidamente, pero la tradición de su raza les prohibía hacer esto. Está escrito que el noble salvaje jamás debe expresar sorpresa ante la presencia de un blanco. Y por más terrible que hubiera sido para ellos la repentina aparición de los piratas permanecieron quietos durante un instante, sin mover ni un solo músculo, como si el enemigo hubiera sido invitado. Después, claro está, tras cumplir galantemente con la tradición, tomaron sus armas y el aire se llenó del grito de la guerra. Sin embargo, era demasiado tarde.

No nos corresponde describir lo que fue una masacre más que una lucha. Así pereció la flor y nata de los mejores guerreros de la tribu piccaninny. No todos murieron sin ser vengados, pues Lobo Flaco cayó sobre Alf Mason, quien ya no volvería a asaltar las costas del Caribe. Entre los que mordieron el polvo se encontraban Geo. Scourie, Chas. Turley y el alsaciano Foggerty. Turley murió a manos del hacha del terrible Pantera, que finalmente se abrió paso entre los piratas con Tigridia y unos pocos miembros más de la tribu.

Los historiadores deben decidir hasta qué punto en esta ocasión hay que culpar al capitán Garfio por su táctica. Si hubiera esperado en la colina hasta la hora correcta, probablemente él y sus hombres hubieran sido descuartizados. Al juzgarle es justo que esto se tenga en cuenta. Tal vez tendría que haber avisado a sus adversarios de que se proponía seguir un nuevo método. Por otro lado, al acabar con el factor sorpresa, su estrategia hubiera sido inútil, de modo que el asunto es complejo. Uno no puede ocultar, como mínimo, sentir cierta admiración, aunque no quiera, por el ingenio de un plan tan atrevido, y por el feroz genio con el que se llevó a cabo.

¿Qué debió de sentir Garfio en aquel momento de triunfo? Sus secuaces lo hubieran querido saber, al tiempo que jadeaban y limpiaban sus sables, reunidos a una prudente distancia de su garfio mientras miraban de soslayo con sus ojos de hurón a este hombre extraordinario. En su corazón seguramente habría euforia, pero su cara no la reflejaba. Siempre fue un enigma oscuro y solitario y permanecía alejado de sus seguidores en cuerpo y alma.

La tarea de la noche aún no había acabado, pues no era a los pieles rojas a quienes había venido a destruir: no eran más que las abejas que había que ahuyentar con humo para llegar a la miel. Era a Pan a quien quería, a Pan y a Wendy y a su banda, pero sobre todo a Pan.

Peter era un niño tan pequeño que uno se pregunta por qué ese hombre lo odiaba tanto. Es cierto que había lanzado el brazo de Garfio al cocodrilo, pero aun así, e incluso teniendo en cuenta que la vida del pirata era cada vez más insegura debido a la obstinación del cocodrilo, apenas se podía justificar un deseo de venganza tan despiadado. La verdad es que había algo en Peter que sacaba al pirata de sus casillas. No era su valor, no era su atractivo aspecto, no era... No vamos a andarnos con rodeos, porque sabemos muy bien lo que era y tenemos que decirlo. Era la arrogancia de Peter.

Su arrogancia le ponía al capitán Garfio los nervios de punta; hacía que su garra de hierro se estremeciera, y por la noche le incordiaba como un insecto. Mientras Peter viviera, el hombre atormentado se sentía como un león en una jaula en la que ha caído un gorrión.

La cuestión era cómo bajar por los árboles, o cómo hacer que bajaran sus secuaces. Sus ávidos ojos los recorrieron en busca de los más pequeños. Ellos se agitaron incómodos, pues sabían que no sentiría ningún escrúpulo en talarlos a palos.

Entre tanto, ¿qué hay de los chicos?

Cuando empezó el sonido metálico de las armas se quedaron petrificados, boquiabiertos, suplicando con los brazos extendidos hacia Peter, y ahora los vemos cerrar las bocas, al tiempo que los brazos caen a los lados de su cuerpo. El ruido y la confusión de arriba cesó casi tan rápidamente como empezó, pues pasó algo semejante a una fuerte ráfaga de viento. Ellos saben que al pasar ha decidido sus destinos.

¿Qué bando ganó?

Los piratas, que estaban escuchando atentamente en las copas de los árboles, oyeron la pregunta formulada por cada uno de los chicos, y ¡ay!, escucharon también la respuesta de Peter.

—Si han ganado los pieles rojas —dijo—, tocarán el tam-tam, pues es su señal de victoria.

Pues bien, Smee, que había encontrado el tam-tam, en aquel momento se diponía a sentarse en él.

—Jamás volveréis a oír el tam-tam —murmuró, pero, por supuesto, en un tono inaudible, pues se había ordenado silencio absoluto. Para su asombro, Garfio le indicó por señas que tocara el tam-tam, y, poco a poco, Smee fue comprendiendo la terrible perversidad de la orden. Probablemente, este hombre tan simple nunca había admirado tanto a Garfio.

Smee tocó el instrumento dos veces, tras lo cual paró para escuchar.

—¡El tam-tam! —oyeron cómo los sinvergüenzas gritaron a Peter— ¡Una victoria india!

Los niños, condenados a la catástrofe, contestaron con un grito de alegría que fue música para los oídos de los oscuros corazones que esperaban arriba, y, casi inmediatamente, volvieron a despedirse de Peter. Esto desconcertó a los piratas, pero el innoble placer que sentían al saber que el enemigo estaba a punto de salir de los árboles acabó con el resto de sus sentimientos. Se sonrieron unos a otros con gran complicidad y se frotaron las manos. Garfio dio órdenes rápida y silenciosamente: un hombre en cada árbol, y los demás en una fila a unos doscientos centímetros de distancia.

CAPÍTULO 13

¿Creéis en las hadas?

uanto más pronto despachemos este horror, mejor. El primero en aparecer por su árbol fue Curly. Salió directo a los brazos de Cecco, quien lo lanzó a Smee, y éste a Starkey, quien, a su vez, lo lanzó a Bill Jukes, quien lo lanzó a Noodles, y así se lo pasaron de uno a otro hasta que cayó a los pies del pirata negro. Todos los chicos fueron arrancados de sus árboles, y varios de ellos volaron por el aire al mismo tiempo, como fardos de mercancías lanzados de mano en mano.

A Wendy, que salió la última, le concedieron un trato distinto. Con irónica cortesía, Garfio se quitó el sombrero ante ella y, tras ofrecerle su brazo, la escoltó hasta el lugar donde los demás estaban amordazados. Lo hizo con tanta elegancia y era tan increíblemente distinguido, que Wendy estaba demasiado fascinada como para gritar. Al fin y al cabo, sólo era una niña pequeña.

Quizás es de acusicas divulgar que por un instante Garfio la embelesó, de manera que sólo lo contamos porque este desliz condujo a curiosos resultados. Si ella hubiera rechazado su mano de manera altiva (y nos encantaría haber podido escribir esto), la habrían arrojado por el aire como al resto, y probablemente Garfio no hubiera estado presente mientras ataban a los niños. Y si no hubiera estado presente, no habría descubierto el secreto de Slightly. Y sin el secreto no hubiera podido llevar a cabo al poco rato su nauseabundo intento de matar a Peter.

Los habían atado para evitar que escaparan volando. Estaban doblados con las rodillas pegadas a las orejas, y para amarrarlos el pirata negro había cortado una cuerda en nueve trozos iguales. Todo fue bien hasta que le tocó el turno a Slightly, ya que resultó ser uno de esos irritantes paquetes que necesitan toda la cuerda para poder ser atados y que no dejan cabos con los que hacer un nudo. Los piratas, rabiosos, le dieron patadas, igual que daríais patadas a un paquete (aunque, para ser justos, deberíais darle patadas a la cuerda), y, por extraño que parezca, fue Garfio quien les dijo que contuvieran su violencia. Sus labios se retorcieron en una mueca de triunfo malicioso. Mientras que sus secuaces se limitaban a sudar porque cada vez que trataban de atar al infeliz muchacho por un lado sobresalía por el otro, la magistral mente de Garfio iba más allá del cuerpo de Slightly, de manera que no investigaba los efectos, sino sus causas. Y su júbilo mostraba que había dado con ellas. Slightly, que estaba blanco como el papel, supo que Garfio había descubierto su secreto: ningún chico tan inflado podía usar un árbol en el cual un hombre corriente necesitaría que lo empujaran con un palo. El pobre Slightly era entonces el más desdichado de todos los niños, pues estaba aterrorizado por Peter y lamentaba amargamente lo que había hecho. Perdidamente aficionado a beber agua cuando tenía calor, se había hinchado, y en lugar de adelgazarse para poder encajar en su árbol, lo había cortado, sin que los otros lo supieran, hasta caber en él. Garfio adivinó lo suficiente como para convencerle de que Peter estaba al fin a su merced, pero sus labios no soltaron ni una sola palabra del oscuro plan que se estaba formando en las cavernas subterráneas de su mente; simplemente indicó que transportaran a los cautivos al barco y que lo dejaran a solas.

Pero, ¿cómo los transportaban? Al estar atados y doblados, los podían hacer rodar colina abajo como si fueran barriles, pero una ciénaga atravesaba la mayor parte del camino. Una vez más, la genialidad de Garfio superó las dificultades. Indicó que la casita podía usarse como medio de transporte. Así que arrojaron a los niños dentro y cuatro robustos piratas se la colocaron al hombro. Éstos iban seguidos por los demás y, entonando la

odiosa canción pirata, la peculiar procesión se puso en marcha a través del bosque. No sé si alguno de los niños lloraba, pero si así fue, el canto ahogó su llanto; no obstante, mientras la casita desaparecía en el bosque, un valiente aunque diminuto hilillo de humo salía de su chimenea como desafiando a Garfio.

Garfio lo vio, y, de hecho, a Peter le hizo un gran favor. Acabó con cualquier pizca de piedad que pudiera quedar en el pecho enfurecido del pirata.

La primera cosa que hizo al quedarse a solas en la creciente oscuridad del anochecer fue acercarse de puntillas hasta el árbol de Slightly y asegurarse de que podía pasar por él. Luego se quedó un largo rato pensando, con su sombrero de mal agüero sobre la hierba para que la suave brisa que se había levantado jugara con su cabello y lo refrescara. Por muy negros que fueran sus pensamientos, sus ojos azules eran tan dulces como la joven hierba. Escuchaba atentamente cualquier sonido que procediera de las profundidades, pero abajo todo estaba tan silencioso como arriba; la casa subterránea parecía ser otra casa vacía más en medio de la nada. ¿Estaba dormido ese chico o bien levantado esperando a los pies del árbol de Slightly con su puñal en la mano?

No había ningún modo de saberlo, salvo bajando. Garfio dejó caer su capa suavemente al suelo, y después, mordiéndose los labios hasta que de ellos brotó una sangre lasciva, se introdujo en el árbol. Era un hombre valiente, pero, por un momento, tuvo que detenerse y enjugarse la frente, que goteaba como la cera de una vela. A continuación, en silencio, se dejó llevar a lo desconocido.

Sin ser perturbado, llegó a los pies del hueco, y volvió a quedarse inmóvil mientras recuperaba el aliento, que casi le había abandonado. A medida que sus ojos se iban acostumbrando a la débil luz, tomaron forma varios objetos de la casa bajo los árboles, pero el único sobre el que se detuvieron sus ávidos ojos, buscado durante tanto tiempo y al fin encontrado, fue la gran cama. Peter estaba tumbado durmiendo profundamente.

Sin conocer la tragedia que estaba teniendo lugar, Peter siguió tocando alegremente la flauta durante un rato después de que se fueran los niños, lo cual constituyo, sin duda, un desesperado intento de probarse a sí mismo que no le importaba nada. Luego decidió no tomarse su medicina para fastidiar a Wendy. Después se tumbó en la cama sobre la colcha, para irritarla aún más, pues siempre había arropado a los niños con ella, por si hacía frío durante la noche. Más tarde estuvo a punto de llorar, pero se le ocurrió lo indignada que se sentiría ella si reía en vez de lloriquear, así que soltó media carcajada con altivez y se quedó dormido.

A veces, aunque no muy a menudo, soñaba, pero sus sueños eran más dolorosos que los de los otros chicos. Pasaba horas sin poder deshacerse de esos sueños, aunque en ellos lloraba lastimeramente. Tenían que ver, según creo, con el misterio de su existencia. En esas ocasiones, Wendy tenía la costumbre de sacarlo de la cama y sentarse con él sobre su regazo para calmarlo con cariñosos mimos que ella misma había inventado, y cuando se tranquilizaba lo volvía a meter en la cama justo antes de que se despertara para que no descubriera la humillación a la que lo había sometido. Pero esta vez se quedó dormido inmediatamente y no soñó. Le colgaba un brazo del lado de la cama, tenía una pierna doblada y la mitad de la carcajada que no había dado se había quedado encallada en su boca, que estaba abierta y mostraba sus diminutas perlas.

Así de indefenso lo encontró Garfio. Se quedó en silencio al pie del árbol mirando a su enemigo a través de la habitación. ¿Ningún sentimiento de compasión perturbó su sombrío pecho? El hombre no era del todo malvado; le encantaban las flores (o eso me han dicho) y la música melodiosa (él mismo era bastante bueno tocando el clavicémbalo), y, admitámoslo abiertamente, la idílica naturaleza de esta escena lo conmovió profundamente. De modo que, de haberse guiado por su mejor yo, habría regresado a regañadientes por el árbol, si no hubiera sido por una cosa.

Lo que lo retuvo allí era el impertinente aspecto de Peter mientras dormía. La boca abierta, el brazo colgando y la rodilla doblada constituían una imagen tan viva de la arrogancia que, en conjunto, jamás volverá a presentarse, o eso esperamos, ante unos ojos tan sensibles a su carácter ofensivo. Habían endurecido el corazón de Garfio. Si su rabia lo

hubiera roto en cien pedazos, cada uno de ellos hubiera hecho caso omiso del accidente y hubiera saltado sobre el durmiente.

Aunque la luz de la única lámpara que había alumbraba débilmente la cama, Garfio permanecía en la penumbra, de modo que al dar su primer paso furtivo hacia delante se topó con un obstáculo, la puerta del árbol de Slightly. Como no cubría totalmente el hueco, había estado mirando por encima de ella. Buscó a tientas el cerrojo, pero descubrió furioso que estaba muy bajo y no alcanzaba a tocarlo. A su cerebro le pareció que la irritante expresión de la cara y la figura de Peter había aumentado visiblemente, así que sacudió la puerta y se lanzó contra ella. ¿Podría su enemigo huir de él después de todo?

Pero, ¿qué era eso? Sus ojos enrojecidos vieron la medicina de Peter sobre una repisa al alcance de su mano. Enseguida comprendió lo que era, e, inmediatamente, supo que el durmiente estaba en su poder.

Para que no lo capturaran vivo, Garfio llevaba siempre consigo un espantoso veneno, que él mismo había elaborado mezclando los anillos con veneno que había caído en su poder. Los había hervido en un líquido amarillo totalmente desconocido por la ciencia y que, probablemente, era el veneno más virulento que existía.

Añadió cinco gotas de dicho veneno a la taza de Peter. Le tembló la mano, aunque más de entusiasmo que de vergüenza. Mientras lo hacía, evitó mirar al durmiente, pero no para que la piedad no lo incomodara, sino simplemente para impedir que se le derramara. Después lanzó sobre su víctima una amplia mirada de regocijo y, tras darse la vuelta, reptó con dificultad por el árbol. Cuando salió por arriba parecía el verdadero espíritu del mal abandonando su madriguera. Tras colocarse el sombrero de lado con chulería, se cubrió con su capa, sujetando un extremo por delante como para ocultar su persona de la noche, de la cual él era la parte más negra, y, murmurando extrañas palabras para sí mismo, se escabulló entre los árboles.

Peter continuó durmiendo. Aunque la luz parpadeó y se apagó, dejando la casa a oscuras, él siguió durmiendo. Debían de ser no menos de las diez del cocodrilo cuando, de repente, se sentó en la cama, ya que algo lo había despertado, aunque no sabía qué era. Era un golpeteo suave y cauteloso en la puerta de su árbol. Peter buscó a tientas su puñal hasta que su mano lo agarró. Entonces dijo:

—¿Quién hay ahí?

Durante un buen rato no hubo respuesta, y luego se oyó de nuevo el suave golpeteo.

—¿Quién eres?

Ninguna respuesta.

Estaba emocionado, y le encantaba experimentar este sentimiento. Alcanzó la puerta en dos zancadas. A diferencia de la puerta de Slightly, la suya llenaba totalmente el hueco, así que no podía ver tras ella, ni quien llamaba podía verlo a él.

—No abriré a menos que hables —gritó Peter.

Y entonces, por fin habló el visitante con una encantadora voz de campanilla:

—Déjame entrar, Peter.

Era Campanilla. Peter descorrió rápidamente el cerrojo. Ella entró volando muy excitada, con la cara colorada y el vestido manchado de barro.

—¿Qué pasa?

—¡Oh, nunca lo adivinarías! —y le dio tres oportunidades para acertar.

—¡Dímelo ya! —exclamó él, y en una frase gramaticalmente incorrecta, tan larga como las cintas que los prestidigitadores sacan de sus bocas, le contó la captura de Wendy y de los chicos.

El corazón de Peter brincaba arriba y abajo mientras escuchaba. Wendy atada y en el barco pirata, ¡precisamente ella, a quien le gustaba que todo fuera como es debido!

—¡La rescataré! —gritó, mientras se abalanzaba sobre sus armas. Mientras saltaba pensó en algo que pudiera hacer para complacer a Wendy. Podría tomarse su medicina.

—¡No! —chilló Campanilla, que había oído murmurar a Garfio sobre lo que había hecho mientras corría a toda velocidad por el bosque.

—¿Por qué no?

—Está envenenada.

—¿Envenenada? ¿Quién podría haberla envene-
nado?

—Garfio.

—No seas tonta. ¿Cómo puede Garfio haber llegado hasta aquí?

Y, ¡ay!, Campanilla no podía explicar esto, pues
ni siquiera ella conocía el oscuro secreto del árbol
de Slightly. Sin embargo, las palabras de Garfio no dejaban lugar a dudas. La taza estaba
envenenada.

—Además —dijo Peter, muy convencido de sí mismo—, yo nunca me he quedado
dormido.

Levantó la taza. Ya no había tiempo para palabras, sólo para la acción, de modo que
con uno de sus movimientos más ágiles Campanilla se interpuso entre sus labios y la pó-
cima, y se la bebió sin dejar ni una sola gota.

—Pero Campanilla, ¿cómo te atreves a beberte mi medicina? —exclamó muy enfadado Peter.

Pero ella no respondió, pues ya estaba tambaleándose en el aire.

—¿Qué es lo que te pasa? —gritó Peter, que de pronto se sintió asustado.

—Estaba envenenada —le dijo ella dulcemente—, y ahora me voy a morir.

—Oh, Campanilla, ¿te la bebiste para salvarme?

—Sí.

—Pero, ¿por qué, Campanilla?

Sus alas apenas podían sostenerla ya, pero como respuesta aterrizó en su hombro y
le dio un cariñoso mordisco en la nariz. Le susurró al oído «burro», y luego llegó tambaleándose a su aposento y se tumbó en la cama.

La cabeza de Peter casi llenaba la cuarta parte de su pequeña habitación cuando se arrodilló angustiado a su lado. Su luz era cada vez más tenue, y él sabía que si se apagaba Campanilla dejaría de existir. A ella le gustaron tanto sus lágrimas que alargó su hermoso dedo y dejó que cayeran por él.

Su voz era tan débil que al principio él no pudo entender lo que le decía. Pero al final lo comprendió. Le estaba diciendo que pensaba que podría ponerse bien si los niños creían en las hadas.

Peter extendió los brazos. Allí no había niños y ya era de noche, pero, no obstante, se dirigió a todos los que pudieran estar soñando con Nunca Jamás, y que, por tanto, estaban más cerca de él de lo que creéis: niños y niñas en camisón, y bebés indios desnudos en sus cestas colgadas de los árboles.

—¿Creéis en las hadas? —gritó Peter.

Campanilla se sentó en la cama con muy poca energía para escuchar su destino. Le pareció oír voces que decían que sí, aunque no estaba segura.

—¿Qué piensas tú? —le preguntó a Peter.

—Si creéis en las hadas —les gritó con fuerza—, aplaudid; no dejéis que Campanilla muera.

Muchos aplaudieron.

Otros no lo hicieron.

Unos cuantos brutos silbaron.

Los aplausos cesaron de repente, como si innumerables madres hubieran entrado corriendo a los cuartos de los niños a ver qué diablos estaba pasando, pero Campanilla ya se había salvado. Primero su voz se hizo más fuerte, luego saltó de la cama, y después se puso a revolotear por la habitación más feliz y descarada que nunca. Nunca pensó en dar las gracias a los que creían en las hadas, pero le hubiera encantado vérselas con los que habían silbado.

—¡Y ahora a rescatar a Wendy!

La luna cabalgaba en un cielo lleno de nubes cuando Peter salió de su árbol, cargado de armas y muy ligero de ropa, para emprender su peligrosa búsqueda. No era una noche que él hubiera elegido. Le hubiera gustado volar no muy lejos del suelo para que nada extraño escapara a su vista, pero bajo aquella luz irregular, volar hubiera supuesto proyectar su sombra a través de los árboles, lo cual molestaría a los pájaros y alertaría al vigilante enemigo de que había salido.

Ahora lamentaba haber dado a los pájaros de la isla nombres tan extraños que hicieron que fueran tan salvajes y que resultara peligroso acercarse a ellos.

No había otro remedio que avanzar al modo de los pieles rojas, en el que, por suerte, era un maestro. Pero, ¿en qué dirección? Pues no estaba seguro de que hubieran llevado a los niños al barco. Una ligera nevada había borrado todas las huellas y en la isla reinaba un silencio mortal, como si por un instante la naturaleza se hubiera paralizado de horror ante la reciente carnicería. Peter había enseñado a los niños algo sobre las costumbres del bosque que él mismo había aprendido de Tigridia y de Campanilla, y sabía que en estos momentos de desesperación no era probable que lo olvidaran. Slightly, si tenía alguna oportunidad, haría señales en los árboles, por ejemplo, y Curly dejaría caer semillas, y Wendy dejaría su pañuelo en algún sitio estratégico. Pero para encontrar estas pistas tenía que llegar la mañana, y él no podía esperar. Aunque el mundo de la superficie le había llamado, no le ayudaría.

El cocodrilo lo adelantó, pero aparte de él no vio a ninguna otra criatura viva, ni un sonido, ni un movimiento; y, sin embargo, Peter sabía muy bien que la muerte repentina podía estar en el próximo árbol, o bien acecharlo por detrás.

Entonces realizó este terrible juramento:

—Esta vez es Garfio o yo.

Luego avanzó arrastrándose como una serpiente, y después volvió a erguirse y cruzó como una flecha un claro donde jugaba la luz de la luna, con un dedo en sus labios y el puñal preparado. Se sentía tremendamente feliz.

CAPÍTULO 14

El barco pirata

Una luz verde que miraba de soslayo el riachuelo de Kidd, cercano a la desembocadura del río de los piratas, señalaba el lugar donde se hallaba el bergantín, el *Jolly Roger*, muy hundido, una embarcación con los palos inclinados, horrible desde las velas hasta el casco y con todos los baos detestables como un suelo cubierto de plumas destrozadas. Era el caníbal de los mares, y apenas necesitaba ese ojo vigilante, pues flotaba a salvo de todo peligro gracias a su horrorosa reputación.

La nave estaba envuelta en el manto de la noche, a través del cual ningún sonido procedente de ella podía llegar a la orilla. Pero los sonidos escaseaban, y ninguno de ellos era agradable, salvo el runrún de la máquina de coser del barco a la que estaba sentado Smee, siempre trabajador y servicial, la quintaesencia de la vulgaridad, el patético Smee. No sé por qué era tan infinitamente patético, a no ser porque era así sin darse cuenta. Incluso los hombres más fuertes tenían que apartar la vista de él a toda prisa cuando lo miraban, y más de una vez en las noches veraniegas había tocado la fibra sensible de Garfio y le había hecho llorar. Pero de esto, como de casi cualquier cosa, Smee no se daba cuenta.

Unos cuantos piratas estaban apoyados en los macarrones respirando las miasmas de la noche; otros estaban sentados por ahí entre barriles jugando a los dados y a las cartas, y los cuatro que habían cargado con la casita descansaban, agotados, tumbados boca aba-

jo sobre cubierta, donde incluso en sus sueños rodaban hábilmente de un lado a otro con objeto de alejarse de Garfio para que no les clavara su garra maquinalmente al pasar.

Garfio paseaba pensativo por cubierta. ¡Qué hombre tan insondable! Era su hora triunfal. Peter había sido eliminado para siempre de su camino, y los demás chicos estaban en el bergantín, a punto de pasear la tabla. Era su hazaña más nefasta desde los días en que había puesto a Barbacoa en su sitio y, sabiendo como sabemos que el hombre está lleno de vanidad, ¿podría sorprendernos que en esos momentos recorriera la cubierta vacilante, henchido por los vientos de su victoria?

Pero no había euforia en su modo de andar, que iba acompasado con la acción de su mente sombría. Garfio estaba profundamente desalentado.

Estaba así a menudo cuando entablaba una íntima comunicación consigo mismo a bordo del barco en la quietud de la noche. Y era porque se sentía terriblemente solo. Este hombre inescrutable jamás se sentía más solo que cuando estaba rodeado por sus secuaces. Eran socialmente muy inferiores a él.

Garfio no era su verdadero nombre. Revelar quién era en realidad incluso hoy en día dejaría escandalizado al país, pero como deben de haber adivinado ya los que leen entre líneas, había sido educado en un colegio privado, y sus tradiciones todavía se adhieren a él como prendas de ropa, con las que, de hecho, están muy relacionadas. Por eso resultaba ofensivo para él, incluso ahora, abordar un barco con el mismo traje con el que lo había conquistado, y su forma de caminar se ajustaba todavía a la desenfadada elegancia del colegio. Pero, por encima de todo, conservaba la pasión por los buenos modales.

¡Buenos modales! Por mucho que hubiera degenerado, todavía sabía que eso era todo cuanto de verdad importaba.

Desde lo más hondo de su ser oía un chirrido como de puertas, y a través de ellas llegó un claro golpeteo, como un martilleo durante la noche cuando no puedes dormir.

—¿Has mostrado hoy buenos modales? —era la eterna pregunta que le hacía.

—¡La fama, la fama, esa chuchería brillante es mía! —gritaba.

—Pero, ¿acaso es una muestra de buenos modales destacar en alguna cosa? —replicaba el golpeteo de su colegio.

—A mí me temía Barbacoa —insistía él—, y el mismo Flint temía a Barbacoa.

—Barbacoa, Flint... ¿de qué casa? —era la tajante respuesta.

Y el pensamiento más inquietante de todos: ¿no era de mala educación pensar sobre la buena educación?

Este problema torturaba su existencia. Era una zarpa clavada dentro de él más afilada que la de hierro, y mientras lo desgarraba, las gotas de sudor caían por su rostro seboso y le manchaban el jubón. A menudo se pasaba la manga por la cara, pero no había forma de parar el goteo.

¡Ah!, no envidiéis a Garfio.

Le llegó un presentimiento de que iba a desaparecer pronto. Era como si el terrible juramento de Peter hubiera abordado el barco. Garfio sintió un oscuro deseo de pronunciar sus últimas palabras, por si al poco rato ya no le diera tiempo de hacerlo.

—Mejor para Garfio —gritó—, ¡si hubiera sido menos ambicioso!

Sólo en sus horas más oscuras se refería a él mismo en tercera persona.

—¡Ningún niño me quiere!

Era extraño que pensara esto, pues nunca le había preocupado antes; quizás la máquina de coser se lo había traído a la cabeza. Durante largo rato estuvo murmurando algo para sí mismo, mientras miraba a Smee, que estaba haciendo un dobladillo plácidamente, plenamente convencido de que todos los niños lo temían.

—¡Lo temían! ¡Temían a Smee! No había ni un niño a bordo del bergantín aquella noche que no lo quisiera en esos momentos. Les había dicho cosas horrendas y les había pegado con la palma de su mano, porque no podía pegarles con el puño, pero eso sólo había hecho que se sintieran más unidos a él. Michael se había probado sus gafas.

¡Decirle al pobre Smee que lo encontraban adorable! Garfio se moría por hacerlo, pero le parecía demasiado brutal. En lugar de eso, daba vueltas al siguiente misterio en su mente: ¿por qué encontraban adorable a Smee? Acechó el problema como el sabueso que era. Si Smee era adorable, ¿qué era lo que lo hacía adorable? De pronto se le presentó una terrible respuesta: «¿buenos modales?».

¿Tenía el contramaestre buenos modales sin saberlo, que es la mejor forma de tenerlos?

Recordó que tienes que probar que no sabes que los tienes antes de optar a ser elegido para formar parte del Pop.

Con un grito de ira alzó su mano de hierro sobre la cabeza de Smee, pero no lo desgarró. Lo que lo detuvo fue esta reflexión:

—Destrozar a un hombre porque tiene buenos modales, ¿qué sería eso?

—¡Malos modales!

El desdichado Garfio se encontraba tan impotente como sudoroso, de modo que se cayó hacia delante como una flor tronchada.

Mientras pensaba que se lo habían quitado de en medio por un rato, la disciplina de sus secuaces se relajó al instante, y rompieron en un baile frenético que hizo que Garfio se levantara inmediatamente, tras desaparecer todo rastro de debilidad humana, como si le hubieran echado encima un cubo de agua.

—Callaos, patanes —gritó—, u os clavo el ancla.

E, inmediatamente, se acalló el barullo.

—¿Están todos los niños encadenados para que no puedan escapar volando?

—Sí, señor.

—Entonces, subidlos.

—Sacaron a rastras a los infelices prisioneros de la bodega; a todos excepto a Wendy, y los colocaron en fila frente a él. Durante un rato pareció ajeno a su presencia. Se repantigó tarareando con la boca cerrada y de modo melodioso fragmentos de una ruda canción y toqueteando una baraja de cartas. De vez en cuando, la luz de su puro daba un toque de color a su cara.

—Bueno, bravucones —dijo enérgicamente—, seis de vosotros pasearán la tabla esta noche, pero tengo sitio para dos grumetes. ¿Quiénes de vosotros quieren serlo?

—No le irritéis sin necesidad —habían sido las instrucciones de Wendy en la bodega, así que Tootles dio un paso al frente. Tootles odiaba la idea de trabajar para un hombre semejante, pero su instinto le decía que sería prudente que una persona distraída cargara con esa responsabilidad, y aunque era un chico un poco tonto, sabía que sólo las madres están dispuestas a parar los golpes. Todos los niños saben esto acerca de las madres, y las desprecian por ese motivo, aunque se sirven de ello constantemente.

Así que Tootles explicó con prudencia:

—Verá, señor, no creo que a mi madre le gustara que fuera pirata. ¿Slightly, a tu madre le gustaría que fueras pirata?

Guiñó un ojo a Slightly, que dijo acongojado:

—No lo creo —como si deseara que las cosas hubieran sido de otra forma.

—¿Gemelo, le gustaría a tu madre que fueras pirata?

—No lo creo —dijo el primer gemelo, tan listo como los demás.

—¿Nibs, le...

—¡Basta de cotorreo! —rugió Garfio, y arrastraron a los portavoces a su lugar en la fila.

—Tú, chico —dijo, dirigiéndose a John—, parece que tienes algo de coraje. ¿Nunca quisiste ser un pirata, revoltosillo?

La verdad es que John había experimentado ese deseo en clase de matemáticas, y le impresionó que Garfio le hubiera elegido.

—Una vez pensé en llamarme Jack Mano Roja —dijo él algo inseguro.

—Y es un buen nombre. Así te llamaremos aquí, bravucón, si te unes a nosotros. ¿A ti qué te parece, Michael? —preguntó John.

—¿Cómo me llamaríais si me uno yo? —preguntó Michael.

—Joe Barbanegra.

Naturalmente, Michael estaba impresionado.

—¿A ti qué te parece, John? —quería que John lo decidiera, pero John quería que decidiera él.

—¿Continuaremos siendo respetuosos súbditos del Rey? —inquirió John.

La respuesta se oyó a través de los dientes de Garfio:

—Tendréis que gritar «Abajo el Rey».

Tal vez John no se había portado demasiado bien hasta entonces, pero en esos momentos se portó de un modo brillante.

—Entonces me niego —exclamó, golpeando el barril que había frente a Garfio.

—Y yo también me niego — exclamó Michael.

—¡Viva Gran Bretaña! —chilló Curly.

Los enfurecidos piratas les abofetearon en la boca, y Garfio rugió:

—Acabáis de firmar vuestra sentencia de muerte. Traed a su madre. Preparad la tabla.

Como eran sólo unos chicos, se quedaron blancos al ver a Jukes y a Cecco preparar la tabla fatal. Pero trataron de parecer valerosos cuando trajeron a Wendy.

Ninguna de mis palabras puede mostraros cómo Wendy despreciaba a esos piratas. Para los niños al menos todavía había cierto encanto en la vocación de piratas, pero todo cuanto ella veía era que el barco no se había limpiado durante años. No había un solo ojo de buey en cuyo cristal mugriento no pudiera escribirse con el dedo «Sucio cerdo», y ella lo había escrito ya en muchos. Pero, naturalmente, mientras los chicos se agrupaban a su alrededor sólo pensó en ellos.

—Y bien, bonita —dijo Garfio—, ahora verás cómo tus niños pasean la tabla.

Y a pesar de ser un refinado caballero, la intensidad de sus pensamientos había manchado su gorguera de sudor, y de pronto se dio cuenta de que Wendy estaba mirándola. Trató de ocultarla con un rápido gesto, pero ya era demasiado tarde.

—¿Van a morir? —preguntó Wendy, con una mirada de desdén tan terrible que Garfio casi se desmaya.

—Así es —gruñó él. Guardad todos silencio —gritó con regocijo— para escuchar las últimas palabras de una madre a sus hijos.

En ese momento Wendy se comportó de un modo grandioso.

—Éstas son mis últimas palabras, queridos chicos —dijo con firmeza. Tengo un mensaje para vosotros de parte de vuestras verdaderas madres: «Esperamos que nuestros hijos mueran como caballeros ingleses».

Incluso los piratas se quedaron asombrados, y Tootles gritó histérico:

—Voy a hacer lo que mi madre espera. Nibs, ¿tú qué vas a hacer?

—Lo que mi madre espera. Gemelo, ¿tú qué vas a hacer?

—Lo que mi madre espera. John, ¿tú que...?

Pero Garfio había recuperado de nuevo su voz.

—¡Atadla! —gritó.

Fue Smee quien la ató al mástil.

—Escucha, cielo —le susurró—, te salvaré si me prometes que serás mi madre.

Pero ella no haría esa promesa ni siquiera por Smee.

—Antes que eso prefiero no tener ningún hijo —dijo desdeñosamente.

Es triste saber que ningún chico la estaba mirando mientras Smee la ataba al mástil, pues todos tenían puestos los ojos en la tabla: ese último paseíllo que estaban a punto de emprender. Ya no eran capaces de esperar poder caminar por ella como hombres, pues les había abandonado la capacidad de pensar; sólo podían mirar y temblar. Garfio les sonrió con los dientes apretados y dio un paso hacia Wendy. Su intención era volverle el rostro para que viera a los chicos caminando sobre la tabla uno por uno. Pero nunca llegó hasta ella, nunca escuchó el grito de angustia que esperaba arrancarle. En lugar de eso oyó otra cosa.

Era el terrible tictac del cocodrilo.

Lo oyeron todos (los piratas, los chicos, Wendy), e, inmediatamente, todas las cabezas se giraron en la misma dirección: no hacia el agua, de donde procedía el sonido, sino hacia Garfio. Todos sabían que lo que estaba a punto de ocurrir le concernía a él y solamente a él, como también sabían que habían pasado de ser actores a espectadores.

Fue verdaderamente aterrador ver el cambio que se produjo en él. Fue como si le hubieran cortado cada una de sus articulaciones. Cayó desplomado al suelo.

El sonido se acercaba cada vez más con paso firme, y este fantasmal pensamiento lo precedía: «¡El cocodrilo está a punto de abordar el barco!».

Hasta la garra de acero colgaba inactiva, como si supiera que no formaba parte intrínseca de lo que buscaba la fuerza atacante. Se arrastró sobre las rodillas a lo largo de la cubierta hasta alejarse del sonido tanto como pudo.

—¡Escondedme! —gritó con voz ronca.

Se agruparon a su alrededor, sin mirar qué estaba subiendo a bordo. Ni por un momento pensaron en luchar contra aquello. Era el destino. La curiosidad relajó los miembros de los chicos para que pudieran salir como flechas hasta el costado del barco y ver al cocodrilo trepar por él. Se llevaron la más curiosa sorpresa esta Noche de Noches. Era Peter. Les indicó por señas que no gritaran. Luego continuó imitando el tictac.

CAPÍTULO 15

«*Esta vez es Garfio o yo*»

A todos nos ocurren cosas curiosas a lo largo de la vida sin que, durante un tiempo, nos demos cuenta de que han sucedido. Entonces, por poner un ejemplo, de pronto descubrimos que nos hemos quedado sordos de un oído sin saber desde cuándo, pero, pongamos que al menos durante media hora. Pues Peter experimentó algo similar aquella noche. Cuando lo vimos por última vez estaba escabulléndose por la isla con un dedo en los labios y el puñal preparado. Había visto pasar al cocodrilo sin observar en él nada de particular; no obstante, al poco rato recordó que no había dado el tictac. Al principio esto le pareció inquietante, pero enseguida llegó a la conclusión de que al reloj se le había acabado la cuerda.

Sin pensar siquiera en los sentimientos que podría tener una criatura privada tan abruptamente de su compañero más próximo, Peter empezó a considerar cómo podía servirse de la catástrofe, y entonces decidió imitar el tictac para que los animales salvajes creyeran que él era el cocodrilo y lo dejaran pasar sin molestarle. Peter imitó el tictac de un modo soberbio, lo cual tuvo un resultado inesperado. Entre los que escucharon el tictac se encontraba el cocodrilo, que lo siguió, aunque nunca sabremos si lo hizo con la intención de recuperar lo que había perdido o simplemente como un amigo al creer que era él mismo quien daba el tictac, porque, como todos los esclavos de una idea fija, era una bestia estúpida.

Peter llegó a la orilla sin contratiempos y continuó adelante; sus piernas alcanzaron el agua como si no supieran que se habían introducido en un elemento distinto. De esta forma pasan muchos animales de la tierra al agua, pero ningún otro humano que yo conozca. Mientras nadaba sólo pensaba en una cosa: «Esta vez es Garfio o yo». Había imitado el tictac durante tanto rato que ahora lo hacía inconscientemente. Si lo hubiera sabido hubiera parado, porque abordar el barco con ayuda del tictac, aunque se trataba una idea ingeniosa, no se le había ocurrido.

Pensaba que había escalado por su costado tan silenciosamente como un ratón, de manera que se quedó asombrado al ver a los piratas encogidos de miedo ante él, con Garfio en el centro en un estado tan miserable como si hubiera oído al cocodrilo.

¡El cocodrilo! Tan pronto como Peter lo recordó oyó el tictac. Al principio pensó que el sonido venía del cocodrilo, y miró tras él rápidamente. Entonces se dio cuenta de que lo estaba haciendo él mismo, y comprendió la situación en un santiamén. «¡Qué listo soy!», pensó inmediatamente, e indicó a los chicos que no aplaudieran.

Fue en ese momento cuando Ed Teynte, el furriel, salió del castillo de proa y se acercó cruzando la cubierta. Ahora, lector, cronometra con tu reloj lo que pasó. Peter le clavó el puñal certeramente hasta el fondo. John colocó las manos en la desventurada boca del pirata para sofocar su quejido mortal. El pirata se cayó hacia delante, y cuatro muchachos lo sujetaron para evitar el ruido que haría al estamparse contra el suelo. Peter dio la señal, y lanzaron el cadáver por la borda. Se oyó el ruido del chapoteo y luego se hizo el silencio. ¿Cuánto tiempo ha pasado?

—¡Uno! —empezó a contar Slightly.

Al instante, Peter, con todo el cuerpo de puntillas, se dirigió al camarote, pues más de un pirata estaba reuniendo el valor suficiente para mirar atrás. Ahora podían escuchar la respiración entrecortada de los demás, lo que demostraba que el sonido más terrible ya había desaparecido.

—Se ha ido, capitán —dijo Smee. Todo vuelve a estar tranquilo.

Lentamente, Garfio dejó que su cabeza emergiera de su gorguera y escuchó tan atentamente que podría incluso haber oído el eco del tictac. Sin embargo, no se oía ni una mosca, de manera que se puso firmemente de pie cuan largo era.

—¡Pues vamos allá con la tabla en honor a Johnny Plank! —gritó con desenfado, pues odiaba a los chicos más que nunca porque lo habían visto abatido. Y empezó a cantar la cancioncilla infame:

> ¡Jo, jo! ¡Jo, jo! ¡La tabla jugará
> y por ella tú así te pasearás
> ella bajará y tú bajarás
> hasta donde Davy Jones está!

Para asustar a los prisioneros, aunque con ello perdiera algo de dignidad, bailó a lo largo de una tabla imaginaria, haciéndoles muecas mientras cantaba, y al terminar gritó:

—¿Queréis probar el gato antes de pasear la tabla?

Al oír esto cayeron de rodillas:

—¡No, no! —gritaron tan lastimeramente que todos los piratas sonrieron.

—Trae al gato, Jukes —dijo Garfio—; está en el camarote.

—¡El camarote! ¡Peter estaba en el camarote!

Los niños se miraron unos a otros.

—Sí, señor —dijo Jukes con alegría, y se dirigió al camarote dando zancadas. Los niños le siguieron con la mirada, pero apenas se dieron cuenta de que Garfio había retomado su canción, y esta vez se le unieron sus secuaces:

> ¡Jo, jo! ¡Jo, jo! El gato os arañará,
> nueve son sus colas, ya sabéis,
> y en vuestra espalda las clavará...

181

Nunca sabremos qué dice el último verso, pues de pronto un terrible alarido proveniente del camarote acalló la canción. Luego se oyó un cacareo que los chicos entendieron enseguida, pero que para los piratas resultó más espantoso que el alarido.

—¿Qué ha sido eso? —gritó Garfio.

—Dos —dijo Slightly solemnemente.

El italiano Cecco dudó por unos instantes y luego corrió hacia el camarote. Salió tambaleándose, con el rostro demacrado.

—¿Eh, tú, perro, qué ha pasado con Bill Jukes? —preguntó Garfio entre dientes.

—Lo que pasa con él es que está muerto, apuñalado —replicó Cecco.

—¡Bill Jukes muerto! —gritaron los piratas, sobresaltados.

—El camarote está tan oscuro como una fosa —dijo Cecco, hablando atropelladamente, pero dentro hay algo terrible: la cosa que se oyó cacarear.

Apareció el entusiasmo de los chicos y el humillante aspecto de los piratas: Garfio lo vio.

—Cecco —dijo Garfio con voz dura—, vuelve dentro y tráeme a ese granujilla.

Cecco, que era muy valiente, se encogió de miedo llorando ante su capitán:

—No, no.

Pero Garfio estaba ronroneando a su garra mientras se acariciaba con ella.

—¿Has dicho que irías, Cecco? —dijo con aire distraído.

Cecco fue para allá después de levantar los brazos lleno de horror. Ya no cantaba nadie, sino que todos escuchaban; y de nuevo se oyó un alarido mortal y después un cacareo.

Nadie habló excepto Slightly.

—Tres —dijo.

Garfio reunió a sus secuaces con un gesto.

—¡Por mil diablos muertos! —tronó Garfio—, ¿quién me va a traer a ese granuja?

—Espere que salga Cecco —gruñó Starkey, y los otros gritaron lo mismo.

—Creo haber oído que te has ofrecido voluntario, Starkey —dijo Garfio, que de nuevo se acariciaba con el garfio y ronroneaba.

—¡Por mil demonios, no! —gritó Starkey.

—Mi garfio cree que sí —dijo garfio, caminando hacia él. Me pregunto si no sería re-comendable, Starkey, tener contento al garfio.

—Prefiero que me cuelguen antes que entrar ahí —replicó Starkey obstinadamente, y, de nuevo, obtuvo el apoyo de la tripulación.

—¿Acaso es esto un motín? —preguntó Garfio en un tono más agradable que nunca. ¡Starkey es el cabecilla!

—¡Piedad, capitán! —lloriqueó Starkey, que ahora temblaba de pies a cabeza.

—Estrechémonos la mano, Starkey —dijo Garfio brindando su zarpa.

Starkey miró a su alrededor buscando ayuda, pero todos le abandonaron. A medida que él retrocedía, Garfio avanzaba, y en sus ojos había un brillo rojo. Con un grito desesperado, el pirata saltó por encima de Tom el Largo y se precipitó al mar.

—Cuatro —dijo Slightly.

Y ahora —dijo cortésmente Garfio—, ¿alguno de los otros caballeros mencionó un motín?

Cogió un farol y alzó su garra en un gesto amenazador.

—Yo mismo traeré a ese granuja —dijo, y salió.

«Cinco». ¡Cómo deseaba Slightly poder decirlo! Se humedeció los labios para prepararse, pero Garfio salió tambaleándose sin su farol.

—Algo apagó la luz —dijo vacilante.

—¡Algo! —repitió Mullins.

—¿Qué hay de Cecco? —preguntó Noodler.

—Está tan muerto como Jukes —dijo Garfio bruscamente.

Su reticencia a volver al camarote causó a los piratas una impresión muy desfavora-ble, y, de nuevo, se oyeron murmullos de amotinamiento. Todos los piratas son supersti-ciosos. Cookson gritó:

—¿No dicen que la señal más segura de que un barco está maldito es que haya a bordo uno más de los que se cree que hay?

—Yo he oído —murmuró Mullins— que siempre es el último en subir a la embarcación pirata. ¿Tenía cola, capitán?

—Algunos dicen —dijo otro, mirando ferozmente a Garfio—, que cuando llega se parece al hombre más malvado de a bordo.

—¿Tenía un garfio, capitán? —preguntó Cookson de forma insolente, y uno tras otro repitieron el grito:

—¡El barco está condenado!

Ante esto, los niños no pudieron evitar soltar un vitoreo. El capitán Garfio se había olvidado prácticamente de sus prisioneros, pero al volverse hacia ellos su cara se iluminó de nuevo.

—Muchachos —gritó a su tripulación—, tengo una idea. Abrid el camarote y llevadlos dentro. Que luchen por sus vidas contra el granuja. Si lo matan, mucho mejor para nosotros; si él los mata a ellos, tampoco estaremos peor.

Una vez más, sus secuaces admiraron a Garfio y cumplieron sus órdenes con devoción. Empujaron a los chicos, que fingieron resistirse, y cerraron la puerta tras ellos.

—¡Ahora, escuchad! —gritó Garfio, y todos escucharon, pero nadie se atrevía a mirar hacia la puerta. Sí, alguien sí, Wendy, que todo este tiempo había estado ligada al mástil. No estaba esperando ni un grito ni un cacareo, sino que apareciera Peter.

Pero no tuvo que esperar mucho más. En el camarote, Peter había encontrado lo que había ido a buscar: la llave que liberaría a los chicos de sus grilletes, y ahora todos se disponían a salir sigilosamente, con todas las armas que pudieron encontrar.

En primer lugar, Peter, indicándoles que se escondieran, cortó las ataduras de Wendy. Tras esto, nada habría sido más fácil que huir todos volando, pero había algo que obstaculizaba su camino:

—Esta vez es Garfio o yo.

Así que, una vez liberó a Wendy, le susurró que se ocultara con los demás, y él mismo ocupó su lugar en el mástil, envuelto en la capa de Wendy para hacerse pasar por ella. Luego inspiró profundamente y cacareó.

Para los piratas era el indicio de que todos los chicos yacían asesinados en el camarote, de modo que les invadió el pánico. Garfio trató de animarlos, pero como los perros en los que los había convertido, le enseñaron sus colmillos, y supo que si en ese momento apartaba la vista de ellos se abalanzarían sobre él.

—Muchachos —dijo Garfio, preparado para halagar o golpear si era necesario, sin temblar ni por un instante—, he estado pensando. Hay un gafe a bordo.

—Sí —gruñeron ellos—, un hombre con un garfio.

—No, muchachos, no; es la chica. Jamás hubo suerte en un barco pirata con una chica a bordo. Cuando se vaya, todo irá bien en el barco.

Algunos recordaron que eso es lo que Flint solía decir.

—Vale la pena intentarlo —dijeron, no muy convencidos.

—Arrojad a la chica por la borda —gritó Garfio, y todos corrieron hacia la figura envuelta en la capa.

—Nadie puede salvarte ahora, jovencita —dijo Mullins entre dientes.

—Alguien sí puede —replicó la figura.

—¿Y quién es?

—¡Peter Pan el vengador! —fue la terrible respuesta, y al decir esto Peter se quitó la capa, y entonces todos supieron qué era lo que había causado la ruina en el camarote, y Garfio intentó hablar dos veces, pero en dos ocasiones le falló la voz. Creo que en aquel terrible momento su fiero corazón se hizo trizas.

Finalmente gritó:

—¡Abridlo en canal! —pero lo dijo sin convicción.

—¡Salid, chicos, a por ellos! —resonó la voz de Peter, y, al momento, retumbó por todo el barco el ruido de las armas que chocaban. Si los piratas se hubieran mantenido

juntos habrían ganado con total seguridad, pero el ataque les sobrevino cuando estaban todavía desconcertados, de modo que corrieron de acá para allá, propinando golpes salvajes y pensando cada uno de ellos que era el último superviviente de la tripulación. De hombre a hombre, los piratas eran más fuertes, pero ahora sólo luchaban a la defensiva, lo cual permitía a los chicos cazarlos por parejas y elegir a sus presas. Algunos de los bellacos saltaron al mar, otros, en cambio, se escondieron en oscuros recovecos, donde los encontró Slightly, quien no combatía, pero recorría el barco con un farol que enfocaba a sus caras, de modo que quedaran deslumbrados y cayeran como presas fáciles contra las malolientes espadas de los demás chicos. Poca cosa más se oía salvo el sonido metálico de las armas, algún alarido o chapoteo, y a Slightly contando de forma monótona: cinco, seis, siete, ocho, nueve, diez, once.

Creo que no quedaba ninguno cuando un grupo de chicos salvajes rodeó a Garfio, a quien las cosas parecían irle como la seda, mientras los mantenía a raya en aquel círculo de fuego. Habían acabado con sus perros, pero este hombre parecía poder plantarles cara a todos juntos. Una y otra vez se le echaban encima, y una y otra vez despejaba el espacio con sus zarpazos. Había levantado a un chico con su garfio y lo estaba utilizando como escudo cuando otro, que acababa de traspasar a Mullins con su espada, se unió de un salto a la refriega.

—Envainad las espadas, chicos —exclamó el recién llegado —, éste hombre es mío.

De este modo se halló Garfio cara a cara con Peter. Los demás retrocedieron y formaron un círculo a su alrededor.

Los dos enemigos se contemplaron durante largo rato, Garfio temblando ligeramente, y Peter con esa extraña sonrisa en su rostro.

—Y bien, Pan —dijo finalmente Garfio—, todo esto es cosa tuya.

—Sí, James Garfio —fue la seria respuesta de Peter—, todo esto es cosa mía.

—Joven orgulloso e insolente —dijo Garfio—, prepárate para conocer tu muerte.

—Hombre oscuro y siniestro —contestó Peter—, preocúpate por ti.

187

Y sin más palabras cayeron el uno sobre el otro, y, por un tiempo, ninguna espada tuvo ventaja sobre la otra. Peter era un espadachín soberbio y devolvía los golpes con deslumbrante rapidez; de vez en cuando, adoptaba cierto ademán con una estocada que lograba superar la defensa de su adversario, pero su menor estatura no le era nada útil, por lo que no conseguía clavar el acero en su objetivo. Garfio, cuya destreza no era mucho menor, pero con un juego de muñeca menos hábil, le obligaba a retroceder con la fuerza de sus arremetidas, con la esperanza de acabar súbitamente todo aquello con su estocada favorita, que le había enseñado Barbacoa hacía muchos años en Río; pero, para su asombro, vio cómo su estocada era devuelta una y otra vez. Entonces pensó en acercarse y asestar el golpe de gracia con su garfio de hierro, que había estado dando zarpazos al aire todo este tiempo, pero Peter se agachó y, con una feroz estocada, le hundió el puñal en las costillas. Ante la vista de su propia sangre, cuyo color peculiar, como recordaréis, le resultaba ofensivo, la espada cayó de la mano de Garfio, que quedó a merced de Peter.

—¡Ahora! —gritaron todos los chicos, pero con un magnífico gesto Peter invitó a su oponente a recoger su espada, cosa que Garfio hizo al instante, aunque con la triste sensación de saber que Peter estaba demostrando buenos modales.

Hasta ese momento había pensado que era un desalmado por luchar contra él, pero ahora le asaltaban sospechas más oscuras.

—Pan, ¿quién y qué eres? —exclamó con voz ronca.

—Soy la juventud, soy la alegría —contestó Peter al azar—, soy un pajarillo que ha salido del cascarón.

Naturalmente, todo eso no tenía sentido, pero para Garfio era la prueba de que Peter Pan no tenía ni la menor idea de quién era, lo cual es la verdadera esencia de los buenos modales.

—¡A la carga de nuevo! —gritó desesperadamente.

En ese momento luchó intensamente. Cada golpe de aquella terrible espada habría partido por la mitad a cualquier hombre o niño que se encontrara a su paso, pero Peter revoloteaba a su alrededor como si el viento que ésta levantaba lo transportara fuera de la zona de peligro. Y, de nuevo, se lanzaba como una flecha y lo pinchaba.

Garfio luchaba ya sin ninguna esperanza. Aquel pecho apasionado no le pedía seguir viviendo, pero sí ansiaba un favor: ver a Peter mostrando malos modales antes de quedarse frío para siempre.

Tras abandonar el combate, corrió al almacén de la pólvora y prendió un cartucho.

—En dos minutos —gritó—, el barco volará en pedazos. Ahora, por fin —pensó—, mostrará sus verdaderas formas.

Pero Peter salió del almacén de la pólvora con el cartucho en la mano y, sin alterarse, lo lanzó por la borda.

¿Qué clase de modales estaba mostrando el propio Garfio? Y a pesar de ser un hombre equivocado, debemos alegrarnos, aunque no simpaticemos con él, de que al final fuera fiel a las costumbres de su raza. En aquel momento los demás chicos estaban volando a su alrededor, burlándose de él descaradamente y mostrándole su desprecio, y él andaba tambaleándose por cubierta, impotente, blandiendo su espada, pero su mente ya no la ocupaban ellos: estaba caminando ociosamente por los campos de juego de hacía tantos años, o elevada para siempre, o contemplando el juego de pelota desde una famosa pared. Y sus zapatos estaban impecables, al igual que su chaleco, su corbata o incluso sus calcetines.

Adiós, James Garfio, personaje con cierta heroicidad.

Pues hemos llegado a su momento final.

Al ver a Peter avanzar lentamente hacia él por el aire con el puñal preparado, saltó por la borda para lanzarse al mar.

No sabía que el cocodrilo lo estaba esperando, pues paramos a propósito el reloj para ahorrarle precisamente este hecho. Es necesario mostrar una pequeña señal de respeto por nuestra parte.

Pero gozó de un último triunfo, que, en mi opinión, no debemos escatimarle. Mientras se apoyaba en la borda para mirar cómo Peter se deslizaba por el aire, le invitó con un gesto a usar su pie, lo cual hizo que Peter le diera una patada en lugar de una puñalada.

Por fin obtuvo Garfio el favor que anhelaba.

—Malos modales —gritó en tono de burla, y cayó satisfecho hacia el cocodrilo.

Así pereció James Garfio.

—Diecisiete —cantó Slightly, aunque no llevaba las cuentas bien. Quince pagaron las deudas de sus crímenes aquella noche, pero dos alcanzaron la orilla: Starkey, que fue capturado por los pieles rojas, quienes lo convirtieron en niñera de sus bebés, lo que es un triste final para un pirata; y Smee, que desde entonces vaga por el mundo con sus gafas, ganándose muy mal la vida contando que fue el único hombre a quien temía Jas Garfio.

Como es natural, Wendy no participó en la lucha, aunque admiraba a Peter con los ojos brillantes; pero ahora que todo había acabado todo volvió a destacar. Los elogió por igual, y tembló de forma encantadora cuando Michael le mostró el lugar donde había matado a un pirata; y luego los llevó al camarote de Garfio y señaló su reloj, que pendía de un clavo. ¡Marcaba la una y media!

El hecho de que fuera tan tarde era casi lo más extraordinario. Los acostó a toda prisa en las literas de los piratas, de eso podéis estar seguros. A todos menos a Peter, que andaba pavoneándose por la cubierta arriba y abajo, hasta que se quedó dormido al lado de Tom el Largo. Aquella noche tuvo uno de sus sueños, y como lloró durante un rato mientras dormía, Wendy lo abrazó muy fuerte.

CAPÍTULO 16

La vuelta a casa

Aquella mañana estaban todos en marcha al toque de las dos campanadas, pues había mar gruesa. Tootles, el contramaestre, se hallaba entre ellos, con el cabo de una cuerda en una mano mascando tabaco. Tras vestirse todos prendas de pirata cortadas a la altura de las rodillas y afeitarse elegantemente, subieron a cubierta, caminando como auténticos marineros sujetándose los pantalones.

No hace falta decir quién era el capitán. Nibs y John eran el primer y segundo oficial de cubierta. Había una mujer a bordo. El resto eran marineros a cargo de los mástiles y vivían en el castillo de proa. Peter ya se había aferrado al timón, pero los convocó a todos y pronunció un breve discurso. Dijo que esperaba que todos cumplieran con su deber como bravos valientes, pero que él sabía que eran la escoria de Río y de la costa de Oro, y que si se ponían en su contra los destrozaría. Los nobles marineros comprendieron bien aquellas francas palabras estridentes, y le aclamaron llenos de alegría. Luego se dieron unas órdenes bruscas e hicieron virar el barco para dirigirlo a tierra firme.

El capitán Pan calculó, tras consultar la carta de navegación, que si continuaba soplando ese viento, llegarían a las Azores hacia el 21 de junio, después de lo cual les quedaría menos trecho por volar.

Algunos querían que fuera un barco honrado, pero otros, en cambio, querían conservarlo como barco pirata; sin embargo, el capitán los trataba como perros, y no se atrevían a expresarle sus deseos ni en una petición firmada por todos. Lo único que resultaba seguro era obedecer al instante. Slightly se llevó una docena de latigazos por parecer desconcertado cuando se le dijo que echara la sonda. El sentimiento general era que Peter se comportaba honestamente por el momento sólo para no despertar las sospechas de Wendy, pero que cambiaría cuando estuviera acabado el nuevo traje, que ella estaba cosiendo contra su voluntad con algunas de las prendas más siniestras de Garfio. Y después corrió el rumor entre ellos de que la primera noche que llevó el traje se sentó durante mucho tiempo en el camarote con la boquilla de Garfio en la boca y un puño cerrado, excepto por el dedo índice, que curvó y mantuvo en el aire como un garfio amenazador.

Sin embargo, en lugar de contemplar el barco, debemos regresar ahora al desolado hogar del que tres de nuestros personajes habían escapado volando de modo tan cruel hace mucho tiempo. Parece vergonzoso haber dejado descuidado al número 14 durante todo este tiempo. No obstante debemos estar seguros de que la señora Darling no nos ha culpado. Si hubiéramos vuelto antes para mirarla con afligida compasión, probablemente habría llorado.

—No seáis tontos. ¿Qué importancia tengo yo? Volved y vigilad a los niños.

Mientras las madres sigan siendo así, sus hijos se aprovecharán de ellas. Ellas deben cargar con esto.

Incluso ahora nos aventuramos en ese familiar cuarto de los niños únicamente porque sus legítimos ocupantes están de camino a casa. Simplemente nos apresuramos para llegar antes que ellos y ver que sus camas están debidamente aireadas y que el señor y la señora Darling no se ausentarán esta noche. No somos más que criados. ¿Por qué diablos deberían estar sus camas debidamente aireadas, después de ver cómo los abandonaron con tanta prisa, los muy desagradecidos? ¿No les estaría bien empleado si a su regreso encontraran que sus padres se habían ido a pasar el fin de semana al campo? Sería la lección moral que necesitaban desde que los conocimos, pero si disponemos las cosas de esta forma la señora Darling no nos lo perdonaría jamás.

Hay una cosa que me gustaría mucho hacer, y es contarle, del modo en que lo hacen los escritores, que los chicos están regresando, que, de hecho, estarán aquí el jueves de la próxima semana. Esto estropearía la sorpresa que Wendy, John y Michael están deseando darle. La han estado planeando en el barco: el éxtasis de mamá, el grito de alegría de papá, el salto de Nana en el aire para ser la primera en abrazarlos, cuando para lo que deberían prepararse es para una buena tunda. Qué delicioso sería estropearlo todo dando las noticias antes de tiempo, de modo que cuando hicieran su entrada magistral, la señora Darling ni siquiera le ofreciera su boca a Wendy, y el señor Darling exclamara falto de interés «¡Vaya por Dios! Ya están aquí otra vez esos chicos».

Sin embargo, tampoco nos darían las gracias por esto. A estas alturas, empezamos a conocer a la señora Darling, y estamos seguros de que nos reprendería por privar a los niños de su pequeño placer.

—Pero, mi querida señora, faltan diez días para el jueves de la semana que viene, así que si le contamos lo que hay, podemos ahorrarle diez días de infelicidad.

—Sí, pero, ¿a qué precio? Al de privar a los niños de diez minutos de placer.

¡Oh, si lo mira desde este punto de vista!

—¿Y desde qué otro punto se puede ver?

Ya lo veis, la mujer no tenía carácter. Había pensado decir cosas extraordinarias sobre ella, pero la desprecio, de manera que ahora no diré nada. En realidad, no necesita que le digan que lo tenga todo preparado, porque ya está todo dispuesto. Todas las camas están aireadas, jamás se ausenta de la casa y, fijaos, la ventana está abierta. Para la falta que le hacemos, mejor que volvamos al barco. Pero, ya que estamos aquí, podríamos quedarnos y mirar. Eso es lo que somos, mirones. En el fondo, nadie nos quiere. Así que vamos a mirar y a decir cosas hirientes, con la esperanza de que algunas duelan de verdad.

El único cambio que puede verse en el dormitorio de los niños es que la caseta de la perra ya no está allí entre las nueve y las seis. Cuando los niños huyeron volando, el señor Darling sintió en lo más profundo de su corazón que toda la culpa era suya por haber encadenado a Nana, y que ella había sido más lista que él de principio a fin. Naturalmente, como hemos visto, era un hombre muy simple; de hecho podría haber pasado por un chico si se hubiera podido desprender de la calva, pero también tenía un noble sentido de la justicia y el valor propios de un león para hacer lo que le parecía que era lo correcto. Y, después de reflexionar sobre el asunto con muchísimo interés tras la fuga de los niños, se puso a cuatro patas y se introdujo en la caseta. Y a todas las invitaciones que la señora Darling le hacía para que saliera de ella, él replicaba triste, pero firme:

—No, mi amor, éste es el lugar que me corresponde.

Amargado por sus remordimientos, juró que no saldría de la caseta hasta que volvieran sus hijos. Naturalmente, era una lástima, pero hiciera lo que hiciera, el señor Darling lo llevaba todo al extremo, o, en otras ocasiones, renunciaba a las cosas inmediatamente. Y jamás hubo un hombre tan humilde como el antaño orgulloso George Darling, que se sentaba por las tardes en la caseta a hablar con su esposa sobre sus hijos y sus encantadoras ocurrencias.

Era muy conmovedor el respeto y cortesía que mostraba por Nana. Aunque no la dejaba entrar en la caseta, era su fiel servidor en todos los demás asuntos.

Todas las mañanas la caseta era transportada con el señor Darling dentro hasta un taxi que lo llevaba a su oficina, y a las seis de la tarde regresaba a casa de la misma forma. Si recordamos lo sensible que era a la opinión de los vecinos, podremos apreciar en parte el fuerte carácter de este hombre, cuyo más mínimo acto atraía ahora la atención llena de perplejidad. En su interior debió de haber sufrido una verdadera tortura, pero por fuera conservaba una expresión de perfecta calma incluso cuando los jóvenes criticaban su casita, y siempre se quitaba cortésmente el sombrero ante cualquier dama que mirara dentro.

Podría haber resultado quijotesco, pero era magnífico. Pronto se descubrió el auténtico significado de todo aquello y llegó hasta el gran corazón de la gente. Las multitudes seguían al taxi y lo vitoreaban con entusiasmo; chicas cautivadoras trepaban por él para conseguir un autógrafo del señor Darling; le hicieron entrevistas en los mejores periódicos, y la gente de la alta sociedad lo invitaba a sus cenas y decía:

—Vengan a mi casa.

Durante aquella semana del jueves crucial, la señora Darling se encontraba en el dormitorio de los niños esperando que regresara el señor Darling. Se había convertido en una mujer de mirada triste. Ahora que la miramos más de cerca y recordamos su alegría de los tiempos pasados, desaparecida por completo porque ha perdido a sus bebés, creo que, al fin y al cabo, no seré capaz de decir cosas feas sobre ella. No podía evitar que le gustaran tanto esos hijos de pacotilla que tenía. Miradla ahora en su silla, en la que se ha quedado dormida. La comisura de su boca, que es lo que uno mira primero, está casi marchita. Su mano descansa inquieta sobre el pecho, como si le doliera. Aunque a algunos les gusta más Peter y a otros les gusta más Wendy, a mí me gusta más ella. Imaginad que, para hacerla feliz, le susurramos mientras duerme que los mocosos están de vuelta. En realidad, ahora están a sólo unos tres kilómetros de la ventana, volando muy deprisa, pero todo cuanto hace falta susurrarle es que están de camino. Vamos a hacerlo.

Es una lástima que lo hayamos hecho, ya que se ha despertado pronunciando sus nombres, y en la habitación no hay nadie excepto Nana.

—Ay, Nana, he soñado que mis pequeñitos habían vuelto.

Nana tenía los ojos húmedos por el llanto, pero todo lo que podía hacer era posar con delicadeza su pata sobre el regazo de su ama. De este modo se hallaban, sentadas la una al lado de la otra, cuando trajeron la caseta. Cuando el señor Darling asoma la cabeza para besar a su esposa, se observa que su cara está más envejecida que en otros tiempos, pero, a cambio, ha adquirido una expresión más tierna.

Le entregó su sombrero a Liza, quien lo tomó con desprecio, pues no tenía nada de imaginación, de manera que era absolutamente incapaz de comprender los motivos de un hombre como éste. Fuera, la muchedumbre que había acompañado al taxi a casa todavía le aclamaba, y él, naturalmente, se conmovió.

—Escúchales —dijo—, es muy gratificante.

—Son un montón de chiquillos.

—Hoy había muchos adultos —le aseguró él con rubor, pero cuando ella sacudió la cabeza dudando, él no le dirigió ni una palabra de reproche. La popularidad no lo había echado a perder, sino que le había vuelto más dulce. Durante un rato se sentó con la cabeza fuera de la caseta, hablando con la señora Darling sobre su éxito y apretándole la mano cuando ella decía que esperaba que todo aquello no se le subiera a la cabeza.

—Si hubiera sido débil —decía. ¡Cielo Santo, si hubiera sido un hombre débil!

—Y George —dijo ella tímidamente—, estás tan lleno de remordimientos como siempre, ¿verdad?

—¡Tal lleno de remordimientos como siempre, querida! Contempla mi castigo: vivo en una caseta.

—Pero se trata de un castigo, ¿verdad, George? ¿Estás seguro de que no estás disfrutando?

—¡Pero, mi amor!

Podéis estar seguros de que ella le pidió perdón, y después, como se sentía somnoliento, el señor Darling se acurrucó en la caseta.

—¿No vas a tocar —preguntó— el piano del cuarto de los niños para que me duerma?

Y mientras ella se dirijía al cuarto de los niños, él añadió sin pensar:

—Y cierra esa ventana, que hay corriente.

—Oh, George, no me pidas jamás que haga eso. La ventana debe estar siempre abierta para ellos; siempre, siempre.

Y entonces le tocó a él pedirle perdón, y ella fue al cuarto de los niños y tocó el piano, y él se durmió enseguida. Y mientras dormía, Wendy, John y Michael entraron volando en el dormitorio.

¡Oh, no! Hemos dicho esto porque ése fue el estupendo acuerdo al que llegaron antes de que dejáramos el barco, pero algo debe de haber pasado desde entonces, pues no son ellos quienes han entrado volando, sino Peter Pan y Campanilla.

Las primeras palabras de Peter lo explican todo:

—¡Rápido, Campanilla —susurró Peter— cierra la ventana; con cerrojo! Eso es. Y ahora tú y yo nos vamos por la puerta, y cuando llegue Wendy pensará que su madre le ha dejado fuera, y tendrá que volver junto a mí.

Ahora entiendo lo que hasta ahora me tenía desconcertado, es decir, por qué cuando Peter exterminó a los piratas no regresó a la isla y dejó que Campanilla guiara a los niños hasta tierra firme. Había conservado esta idea en la mente todo el tiempo.

En lugar de sentir que se estaba portando mal, bailaba de felicidad; luego echó un vistazo al cuarto de los niños para ver quién estaba tocando. Le susurró a Campanilla:

—¡Es la madre de Wendy! Es una mujer hermosa, pero no tanto como mi madre. Su boca está llena de dedales, pero no tan llena como lo estaba la de mi madre.

Por supuesto, Peter no sabía nada de nada sobre su madre, pero a veces alardeaba sobre ella.

No conocía la melodía de la canción «Hogar, dulce hogar», pero sabía que decía «Vuelve Wendy, Wendy, Wendy», de manera que exclamó exultante:

—¡Jamás volverá a ver a Wendy, señora, porque la ventana está cerrada!

Echó otra ojeada para ver por qué había parado la música, y entonces vio que la señora Darling había reposado la cabeza sobre la caja de resonancia del piano y que en sus ojos había dos lágrimas.

—Quiere que abra la ventana —pensó Peter—, ¡pero no lo haré, ni hablar!

Miró de nuevo, y las lágrimas todavía estaban allí, o tal vez otras dos habían ocupado su lugar.

—Wendy le gusta muchísimo —se dijo a sí mismo. En ese momento estaba muy enfadado con ella porque la señora Darling no entendía por qué no podía tener a Wendy.

La razón era muy simple:

—A mí también me gusta mucho, y no podemos tenerla los dos, señora.

Pero la señora no se conformaba con eso, y él se sentía infeliz. Dejó de mirarla, pero no podía quitársela de la cabeza. Anduvo por ahí dando brincos y haciendo muecas, pero cuando paró fue como si ella estuviera dentro de él llamando a su puerta.

—De acuerdo, está bien —dijo Peter, y tragó saliva. Luego abrió la ventana.

—Vamos, Campanilla —gritó, haciendo gran burla de las leyes de la naturaleza—, no nos hacen falta estas estúpidas madres —y se alejó volando.

Por eso hallaron Wendy, John y Michael la ventana abierta, que, naturalmente, era más de lo que merecían. Aterrizaron en el suelo, sin avergonzarse en absoluto de ellos mismos. Pero el más pequeño había olvidado ya su hogar.

—John —dijo, mirando a su alrededor dubitativo—, creo que ya he estado aquí.

—Pues claro que has estado aquí, so tonto. Ahí está tu vieja cama.

—Ah sí, ésa es —dijo Michael, pero no muy convencido.

—¡Vaya —exclamó John—, la caseta! —y salió disparado para mirar en su interior.

—Tal vez Nana esté dentro —dijo Wendy.

Pero John soltó un silbido.

—Pero bueno —dijo—, si hay un hombre dentro.

—¡Es papá! —exclamó Wendy.

—Dejadme ver a papá —rogó Michael ansioso, y le echó una buena ojeada.

—No es tan grande como el pirata que maté —dijo, mostrando una decepción tan sincera que me alegro de que el señor Darling estuviera dormido, pues habría sido triste que ésas hubieran sido las primeras palabras que oyera decir a su pequeño Michael.

Wendy y John se habían sorprendido al encontrar a su padre en la caseta.

—¿Verdad —dijo John, como quien ha perdido la fe en su memoria— que papá no dormía en la caseta?

—John —dijo Wendy titubeando—, quizás no recordemos nuestra vida pasada tan bien como creíamos.

Les recorrió un escalofrío. Se lo tenían merecido.

—Mamá ha sido muy descuidada —dijo el jovencillo sinvergüenza de John— al no estar aquí a nuestro regreso.

Y entonces fue cuando la señora Darling empezó a tocar de nuevo.

—¡Es mamá —gritó Wendy, que asomó la cabeza para mirar.

—¡Sí que lo es! —dijo John.

—¿Entonces no eres nuestra madre de verdad, Wendy? —preguntó Michael, que, sin duda, tenía ya sueño.

—¡Oh, Dios mío! —exclamó Wendy, que sintió su primera punzada de remordimiento—, ciertamente ya era hora de que volviéramos.

—Entremos sin hacer ruido —propuso John— y tapémosle los ojos con las manos.

Pero Wendy, que sabía que debían dar la alegre noticia con más delicadeza, tenía un plan mejor.

—Metámonos los tres en nuestras camas, y así estaremos allí cuando venga, como si jamás nos hubiéramos marchado.

Y de este modo, cuando la señora Darling volvió al dormitorio para ver si su esposo estaba dormido, las camas estaban ocupadas. Los niños esperaron su grito de alegría, pero nunca llegó. La señora Darling los vio, pero no creyó que estuvieran allí. Veréis, es que en sus sueños los había visto tantas veces, que pensó que se trataba de un sueño.

Se sentó en la silla junto al fuego, donde los había arrullado en el pasado. Los niños no podían comprenderlo, y a los tres les invadió un frío helado.

—¡Mamá! —gritó Wendy.

—Ésa es Wendy —dijo, pero aún estaba convencida de que era un sueño.

—¡Mamá!

—Ése es John —dijo ella.

—¡Mamá! —gritó Michael, que ya la había reconocido.

—Ése es Michael —dijo ella, y extendió los brazos, que jamás volverían a abrazar, hacia los tres egoístas pequeñines. Pero sí que lo hicieron, pues rodearon a Wendy, John y Michael, que habían salido de sus camas para dirigirse hacia ella.

—¡George, George! —gritó cuando logró hablar, y el señor Darling se despertó para compartir su esperada felicidad, y Nana entró rápidamente en la habitación. No existía una escena más deliciosa, aunque nadie estaba allí para verla salvo un chiquillo que la contemplaba desde la ventana. Sintió un gran número de emociones que otros chicos jamás conocerán, aunque observaba tras la ventana la única dicha de la que siempre se vería privado.

∽ CAPÍTULO 17 ∾

Cuando Wendy creció

spero que tengáis curiosidad por saber lo que pasó con el resto de los chicos. Estaban esperando abajo para que Wendy tuviera tiempo de hablar sobre ellos, pero cuando contaron hasta quinientos, subieron. Subieron por la escalera, pues pensaron que eso daría mejor impresión. Se colocaron en fila delante de la señora Darling, sin sombrero, y con el deseo de no haber llevado puestas sus ropas de pirata. No dijeron nada, pero sus corazones le pidieron que se quedara con ellos. Tendrían que haber mirado también al señor Darling, pero se olvidaron de él.

Naturalmente, la señora Darling dijo al momento que se los quedaría, pero como el señor Darling parecía extrañamente deprimido, se dieron cuenta de que pensaba que seis era una cantidad excesiva.

—Debo decir —le dijo a Wendy— que no haces las cosas a medias —un comentario poco generoso que los gemelos pensaron que iba dirigido a ellos.

El primer gemelo, que era el orgulloso, preguntó, ruborizándose:

—¿Cree que seríamos demasiados, señor? Porque si es así, podemos irnos.

—¡Papá! —gritó Wendy escandalizada, aunque todavía se mostraba ensombrecido. Sabía que se estaba comportando de forma indigna, pero no podía evitarlo.

—Podríamos dormir de dos en dos —dijo Nibs.

—Siempre les corto el pelo yo misma —dijo Wendy.

—¡George! —exclamó la señora Darling, dolida al ver que su amor se estaba mostrando bajo una luz tan poco favorecedora.

Luego él rompió a llorar, y la verdad salió a la luz. Estaba tan contento de quedárselos como ella, dijo, pero pensaba que debían haber pedido su consentimiento, además del de la señora Darling, en lugar de tratarlo como un cero a la izquierda en su propia casa.

—Yo no creo que sea un cero a la izquierda —exclamó Tootles al instante. ¿Tú crees que es un cero a la izquierda, Curly?

—No, no lo creo. ¿Tú crees que es un cero a la izquierda, Slightly?

—Más bien no. Gemelo, ¿qué piensas tú?

Y resultó que ninguno de ellos pensaba que fuera un cero a la izquierda, y él se sintió tontamente agradecido, y dijo que les haría espacio en el salón si cabían.

—Cabremos, señor —le aseguraron.

—Entonces, seguid al guía —gritó alegremente. Os advierto que no estoy seguro de que tengamos un salón, pero fingimos que lo tenemos y el resultado es el mismo. ¡Epa!

Y se puso a bailar por la casa, y todos gritaron «¡Epa!» y bailaron detrás de él buscando el salón, y, aunque se me ha olvidado si lo encontraron, en todo caso encontraron rincones donde todos cabían.

En cuanto a Peter, vio a Wendy una vez más antes de partir volando. Aunque no se acercó a la ventana, la rozó al pasar para que ella pudiera abrirla si quería y llamarle. Y eso es lo que ella hizo.

—Hola, Wendy, adiós —dijo.

—Pero, cariño, ¿te vas a ir?

—Sí.

—¿No crees, Peter —dijo ella vacilando—, que te gustaría decirles algo a mis padres sobre un tema muy dulce?

—No.

—¿Sobre mí, Peter?

—No.

—La señora Darling se acercó a la ventana, pues de momento no le quitaba a Wendy el ojo de encima. Le contó a Peter que había adoptado a los demás chicos, y que le gustaría adoptarle a él también.

—¿Me mandaría a la escuela? —inquirió con astucia.

—Sí.

—¿Y luego a una oficina?

—Supongo que sí.

—¿Y pronto me convertiré en un hombre?

—Muy pronto.

No quiero ir a la escuela y aprender cosas serias —le dijo muy exaltado. No quiero ser un hombre. ¡Ay, madre de Wendy, si me despertara y notara que tengo barba!

—Peter —dijo Wendy para pacificar el ambiente—, yo te querría con barba. Y la señora Darling extendió sus brazos hacia él, pero él la rechazó.

—Apártese, señora, nadie va a atraparme y convertirme en un hombre.

—Pero, ¿dónde vas a vivir?

—Con Campanilla en la casa que construimos para Wendy. Las hadas van a ponerla sobre las copas de los árboles, donde duermen por las noches.

—¡Qué encantador! —exclamó Wendy con tanta añoranza que la señora Darling la agarró con más fuerza.

—Creía que todas las hadas estaban muertas —dijo la señora Darling.

—Siempre hay muchas jóvenes —explicó Wendy, que ya era toda una autoridad en el tema—, porque, verás, cuando un niño ríe por primera vez nace una nueva hada, y como siempre hay nuevos niños, siempre hay nuevas hadas. Viven en nidos en las copas de los árboles. Las malvas son chicos y las blancas son chicas, y las azules son sólo tontitas que no están seguras de lo que son.

—¡Me divertiré tanto! —dijo Peter, mirando a Wendy.

—Por la noche te sentirás muy solo —dijo ella—, sentado junto al fuego.

—Tendré a Campanilla.

—Campanilla no sabe hacer la o con un canuto —le recordó un poco áspera.

—¡Chivata bribona! —replicó Campanilla desde alguna parte de la habitación.

—No importa —dijo Peter.

—Sí, Peter, tú sabes que importa.

—Bien, pues entonces ven conmigo a la casita.

—¿Puedo, mami?

—Naturalmente que no. Te tengo otra vez en casa y me propongo conservarte.

—Pero él necesita tanto una madre...

—Lo mismo que tú, mi amor.

—Oh, está bien —dijo Peter, como si sólo se lo hubiera preguntado por educación, pero la señora Darling vio cómo le tembló la boca y le hizo esta espléndida oferta: permitir a Wendy visitarlo una semana todos los años para hacer la limpieza de la casa. A Wendy le habría gustado más un acuerdo más permanente, y le pareció que la primavera tardaría mucho en llegar, pero esta promesa hizo que Peter se fuera muy contento otra vez. No tenía noción del tiempo y vivía tantas aventuras que todo cuanto os he contado sobre él no es más que una mínima parte. Supongo que porque Wendy sabía esto, sus últimas palabras fueron bastante lastimeras:

—¿No me olvidarás, Peter, verdad, antes de que llegue la limpieza de primavera?

Por supuesto, Peter prometió que no, y luego se marchó volando. Se llevó consigo el beso de la señora Darling. El beso que no había sido para nadie más, Peter lo obtuvo sin gran esfuerzo. Es raro. Pero ella parecía satisfecha.

Como es lógico, todos los chicos fueron a la escuela, y muchos de ellos entraron en el tercer curso, pero a Slightly lo colocaron primero en el cuarto y luego en el quinto. El primer curso es el más avanzado. Antes de llevar una semana en la escuela, se dieron

cuenta de lo burros que habían sido al no quedarse en la isla, pero ya era demasiado tarde; de todos modos, pronto se adaptaron a ser tan corrientes como vosotros o yo, o como fulanito. Resulta triste contar que, poco a poco, perdieron su poder para volar. Al principio, Nana les ataba los pies a los barrotes de la cama para que no escaparan volando por la noche. De todas maneras, una de sus diversiones durante el día consistía en fingir que se caían de los autobuses, pero con el tiempo dejaron de tirar de sus ataduras por la noche, y se dieron cuenta de que se hacían daño al caer de los autobuses. Con el transcurso del tiempo ya no pudieron volar ni para recuperar sus sombreros. Falta de práctica, decían; pero lo que significaba es que ya no creían en la fantasía.

Michael siguió creyendo durante más tiempo que los demás chicos, aunque éstos se burlaran de él, y por eso estaba con Wendy cuando Peter vino a buscarla a finales del primer año. Se alejó volando junto a Peter con el vestido de hojas y bayas que ella misma había tejido en Nunca Jamás. Su único temor era que él notara lo corto que se le había quedado; pero él tenía tanto que contar sobre sí mismo que nunca lo notó.

Ella había estado deseando entablar emocionantes charlas con él sobre los viejos tiempos, pero en su mente nuevas aventuras habían sustituido a las antiguas.

—¿Quién es el capitán Garfio? —le preguntó cuando ella le habló de su grandísimo enemigo.

—¿Es que no te acuerdas —preguntó ella, atónita— de cómo lo mataste y salvaste nuestras vidas?

—Me olvido de ellos en cuanto los mato —replicó él sin darle importancia.

Cuando ella expresó su casi inexistente esperanza de que Campanilla se alegraría de verla, él dijo:

—¿Quién es Campanilla?

—Oh, Peter —dijo ella, escandalizada; pero incluso cuando se lo explicó, él no logró acordarse.

—Es que hay tantas hadas —dijo Peter. No creo que siga viva.

Yo supongo que está en lo cierto, ya que las hadas no viven durante mucho tiempo, aunque son tan pequeñas que una breve temporada les parece un período de tiempo muy largo.

A Wendy también le dolió ver que para Peter el año pasado era como el día anterior; para ella había sido un larguísimo año de espera. Pero él estaba tan fascinante como siempre. Pasaron una estupenda temporada de limpieza primaveral en la casita sobre las copas de los árboles.

Al año siguiente, Peter no fue a por ella. Wendy le esperó con un vestido nuevo porque el viejo simplemente ya no le cabía. Pero Peter nunca llegó.

Tal vez esté enfermo —dijo Michael.

—Ya sabes que nunca está enfermo.

Michael se acercó más a ella y le susurró con un temblor:

—¡Quizás no existe tal persona, Wendy! —y entonces Wendy se hubiera echado a llorar si Michael no estuviera ya llorando.

Peter llegó a la siguiente temporada de limpieza primaveral, y lo más curioso es que jamás supo que se había saltado un año.

Ésa fue la última vez que la niña Wendy lo vio. Durante algún tiempo intentó por él no experimentar el dolor de huesos que se tiene al crecer, y sintió que le traicionaba cuando recibió un premio en conocimientos generales. Pero los años fueron yendo y viniendo sin traer con ellos al interesante chico, y cuando volvieron a encontrarse ella era ya una mujer casada, y Peter no era para ella más que una pequeña mota de polvo en la caja donde había guardado sus juguetes. Wendy había crecido. No hace falta que os apenéis por ella. Era de las que les gusta crecer, de manera que al final creció por voluntad propia un día antes que las demás chicas.

Por aquel entonces todos los chicos habían crecido y se habían echado a perder, así que no vale mucho la pena decir nada más sobre ellos. Tal vez veáis a los gemelos y a Nibs y a Curly cualquier día de camino a la oficina, cada uno de ellos con una cartera y un paraguas. Michael es maquinista. Slightly se casó con una dama de título y por eso llegó a lord. ¿Veis a ese juez con peluca que sale por la verja de hierro? Es Tootles. El hombre de la barba que no sabe ningún cuento para contárselo a sus hijos algún día fue John.

Wendy se casó de blanco con un lazo rosa en la cintura. Es extraño pensar que Peter no aterrizara en la iglesia e impidiera que se celebraran las admoniciones.

Los años siguieron pasando, y Wendy tuvo una hija. Esto no debería escribirse con tinta, sino en grandes letras doradas.

Se llamaba Jane, y siempre tenía una curiosa mirada inquisitiva, como si desde el momento en que llegó a tierra firme quisiera hacer preguntas. Cuando fue lo bastante mayor como para hacerlas, la mayoría eran acerca de Peter Pan. Le encantaba oír cosas sobre Peter, de modo que Wendy le contó todo cuanto pudo recordar en el mismo cuarto desde donde se había llevado a cabo la famosa fuga. Ahora era el cuarto de Jane, pues su padre se lo había comprado al padre de Wendy a un interés del tres por ciento, porque ya no le gustaba nada subir escaleras. La señora Darling había fallecido y la habían olvidado.

Ahora sólo había dos camas en el dormitorio, la de Jane y la de la niñera; y ninguna caseta, pues Nana también había fallecido. Se murió de vieja; en sus últimos días había sido difícil de tratar, ya que estaba firmemente convencida de que nadie sabía cómo cuidar de los niños excepto ella.

La niñera de Jane tenía una tarde libre a la semana, momento en que Wendy se encargaba de meter a Jane en la cama. Era el momento de los cuentos. Fue un invento de Jane levantar la sábana por encima de la cabeza de su madre y la suya, a modo de tienda de campaña, y susurrar en la terrible oscuridad:

—¿Qué vemos ahora?

—No creo que vea nada esta noche —dijo Wendy, con la sensación de que si Nana hubiera estado allí se opondría a que continuara la conversación.

—Sí, sí que ves —dijo Jane. Te ves cuando eras una niña pequeña.

—De eso hace ya mucho tiempo —dijo Wendy. ¡Ay de mí, cómo pasa el tiempo!

—¿Vuela —preguntó la astuta niña— igual que volabas tú cuando eras una niña pequeña?

—¿Igual que volaba yo? ¿Sabes, Jane? A veces me pregunto si verdaderamente volé alguna vez.

—Sí que lo hiciste.

—¡Ah, aquellos maravillosos tiempos en que yo podía volar!

—¿Por qué no puedes volar ahora, mamá?

—Porque he crecido, cariño. Cuando la gente crece se olvida de cómo hacerlo.

—¿Por qué se olvida de cómo hacerlo?

—Porque ya no son alegres ni inocentes ni crueles. Sólo los alegres, inocentes y crueles pueden volar.

—¿Y qué es alegre, inocente y cruel? A mí me encantaría ser alegre, inocente y cruel.

O quizás Wendy admite que ve alguna cosa.

—Creo —dijo— que es este cuarto.

—¡Yo también creo que lo es! —dijo Jane. ¡Continúa!

Y ahora están embarcadas en la gran aventura de la noche en que Peter entró volando en busca de su sombra.

—El muy tonto —dijo Wendy— trataba de pegarla con jabón, y como no podía se echó a llorar, y eso fue lo que me despertó. Yo se la cosí.

—Te has saltado un trozo —interrumpió Jane, quien se sabía la historia mejor que su madre. Cuando tú lo viste llorando sentado en el suelo, ¿qué dijiste?

—Me senté en la cama y dije: «Niño, ¿por qué lloras?»

—Sí, eso fue —dijo Jane, dando un gran suspiro.

—Y luego nos llevó a todos volando al país de Nunca Jamás y a las hadas y los piratas y los pieles rojas y la Laguna de las Sirenas, y a la casa subterránea, y, por supuesto, a la casita.

—¡Sí! ¿Y qué fue lo que más te gustó?

—Creo que lo que más me gustó fue la casa subterránea.

—Sí, a mí también. ¿Y qué fue la última cosa que Peter te dijo?

—La última cosa que me dijo fue: «Simplemente espérame siempre, y entonces, una noche, me oirás cacarear».

—¡Sí!

—Pero, ¡ay!, se olvidó completamente de mí —dijo Wendy con una sonrisa. Ya había crecido demasiado como para eso.

—¿Y cómo sonaba su cacareo? —preguntó Jane una tarde.

—Era así —dijo Wendy, y trató de imitar el cacareo de Peter.

—No, no era así —dijo Jane muy seria. Era así —y lo hizo muchísimo mejor que su madre.

Wendy se quedó un poco asombrada.

—Pero, mi cielo, ¿cómo lo sabes?

—Porque lo oigo a menudo mientras duermo —dijo Jane.

—Ah, sí, muchas chicas lo oyen mientras duermen, pero yo fui la única que lo oyó estando despierta.

—¡Qué suerte! —dijo Jane.

Y entonces una noche sobrevino la tragedia. Era primavera, y ya había contado el cuento de la noche; Jane estaba dormida en su cama. Wendy estaba sentada en el suelo, muy cerca del fuego, para poder ver lo que zurcía, pues no había ninguna otra luz en el cuarto, y mientras estaba allí sentada zurciendo oyó un cacareo. Luego el viento abrió la ventana como aquel día, y Peter se posó en el suelo.

Era exactamente igual que antes, y Wendy vio enseguida que todavía conservaba todos sus dientes de leche.

Era un niño pequeño y ella adulta. Wendy se arrimó al fuego, pero no se atrevía a moverse, pues se sentía indefensa y culpable, a pesar de ser toda una mujer.

—Hola, Wendy —dijo Peter, que, como principalmente estaba pensando en sí mismo, no había advertido ninguna diferencia, y, además, bajo la tenue luz su vestido blanco podría muy bien haber sido el camisón con el que la vio por primera vez.

—Hola, Peter —replicó ella débilmente, tratando de encogerse lo máximo posible para parecer más pequeña. Algo en su interior estaba gritando: «Mujer, mujer, suéltame».

—Hola, ¿dónde está John? —preguntó, porque de pronto echó a faltar la tercera cama.

—John no está aquí ahora —dijo ella con voz entrecortada.

—¿Está Micheal dormido? —preguntó, mirando distraídamente a Jane.

—Sí —contestó Wendy, y entonces sintió que estaba siendo desleal tanto a Jane como a Peter.

—Ése no es Michael —dijo ella rápidamente, para que no la juzgaran.

Peter miró.

—Anda, ¿es uno nuevo?

—Sí.

—¿Chico o chica?

—Chica.

Aunque debía haberlo entendido todo, siguió sin entender una sola palabra.

—Peter —dijo ella, balbuceando—, ¿esperas que me vaya volando contigo?

—Pues claro, por eso he venido.

Y añadió un poco serio:

—¿Te has olvidado de que es la temporada de limpieza primaveral?

Wendy sabía que era inútil decirle que se había saltado muchas épocas de limpieza primaveral.

—No puedo ir —dijo disculpándose—, me he olvidado de cómo volar.

—Volveré a enseñarte en un momento.

—Peter, no malgastes el polvillo de hadas conmigo.

Wendy se había levantado, y, finalmente, Peter fue invadido por un temor.

—¿Qué pasa? —gritó, encogiéndose.

—Voy a encender la luz —dijo ella—, y entonces lo verás por ti mismo.

Y casi por primera vez en su vida, que yo sepa, Peter se asustó.

—¡No enciendas la luz! —gritó.

Ella dejó que sus manos jugaran con los cabellos del triste niño. No era una chiquilla con el corazón roto por él; era una mujer adulta que sonreía ante todo aquello, aunque era una sonrisa llena de lágrimas.

Entonces encendió la luz, y Peter la vio. Soltó un alarido de dolor, y cuando la esbelta y bella criatura se agachó para levantarlo en sus brazos, él retrocedió bruscamente.

—¿Qué pasa? —volvió a exclamar.

Tenía que contárselo.

—Soy mayor, Peter. Ya tengo más de veinte años. Crecí hace mucho tiempo.

—¡Prometiste no hacerlo!

—No pude evitarlo. Soy una mujer casada, Peter.

—No, no lo eres.

—Sí, y la niña que está en la cama es mi hija.

—No, no lo es.

Como Peter suponía que sí lo era, dio un paso hacia la niña dormida con su puñal levantado. Naturalmente, no se lo clavó. En lugar de ello se sentó en el suelo y empezó a sollozar, y Wendy no sabía cómo consolarlo, aunque en el pasado le hubiera sido tan fácil hacerlo. Ahora sólo era una mujer, de manera que salió corriendo de la habitación para pensar.

Peter continuó llorando, y sus sollozos muy pronto despertaron a Jane, que se sentó en la cama y se interesó enseguida por él:

—Niño —dijo—, ¿por qué lloras?

Peter se levantó y le hizo una reverencia, y ella, a su vez, le hizo otra reverencia desde la cama.

—Hola —dijo.

—Hola —dijo Jane.

—Me llamo Peter Pan —le dijo.

—Sí, ya lo sé.

—Vine a por mi madre —explicó—, para llevarla a Nunca Jamás.

—Sí, ya lo sé —dijo Jane—, he estado esperándote.

Cuando Wendy regresó, encontró a Peter sentado en los barrotes de la cama soltando un espléndido cacareo mientras Jane volaba por la habitación con su camisón en medio de un solemne éxtasis.

—Ella es mi madre —explicó Peter, y Jane descendió y se colocó a su lado en la cama, con la expresión que tanto le gustaba ver a él en las caras de las damas mientras le miraban.

—¡Necesita tanto una madre! —dijo Jane.

—Sí, ya lo sé —admitió Wendy con tristeza—, nadie lo sabe tan bien como yo.

—Adiós —le dijo Peter a Wendy, y se elevó en el aire, pero la descarada desvergonzada de Jane se alzó con él, pues era el modo en que se movía más cómodamente.

Wendy corrió hacia la ventana.

—¡No, no! —gritó.

—Sólo es para la limpieza de primavera —dijo Jane—, quiere que siempre le haga la limpieza de primavera.

—Ojalá pudiera ir contigo —suspiró Wendy.

—Ya sabes que no puedes volar —dijo Jane.

Naturalmente, al final Wendy dejó que se marcharan volando. Nuestra última visión de ella la muestra en la ventana, contemplando cómo se alejaban en el cielo hasta hacerse tan pequeños como las estrellas.

Si miráis a Wendy, veréis que su pelo está encaneciendo, y su cuerpo se está encogiendo otra vez, porque todo esto pasó hace ya mucho tiempo. Jane es ahora una vulgar adulta, con una hija que se llama Margaret, y cada vez que llega la temporada de limpieza primaveral, salvo cuando él se olvida, Peter viene a por Margaret y la lleva a Nunca Jamás, donde ella le cuenta historias sobre él mismo, mientras Peter escucha con gran entusiasmo. Cuando Margaret crezca tendrá una hija, que, a su vez, será la madre de Peter, y esto sucederá así por los siglos de los siglos, mientras los niños sean alegres, inocentes y crueles.